今朝の春

みをつくし料理帖

髙田 郁

時代小説文庫

角川春樹事務所

目次

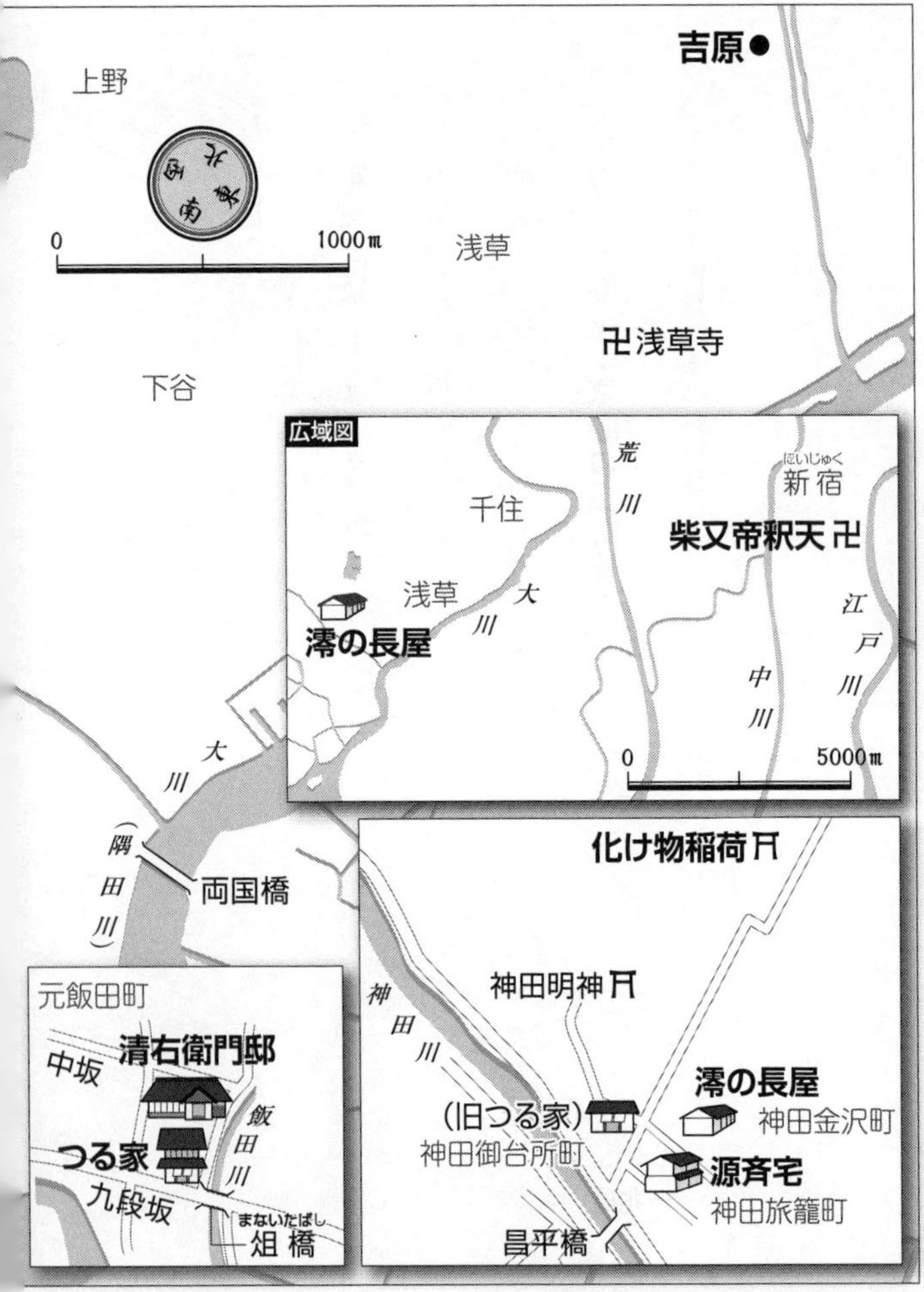
吉原
上野
北
東
南
西
0
1000m
浅草
卍浅草寺
下谷
広域図
荒川
新宿《にいじゅく》
千住
柴又帝釈天
浅草
大川
澪の長屋
江戸川
中川
0
5000m
大川
（隅田川）
両国橋
化け物稲荷
元飯田町
清右衛門邸
中坂
飯田川
つる家
九段坂
俎橋《まないたばし》
神田明神
神田川
澪の長屋
（旧つる家）
神田金沢町
神田御台所町
源斉宅
神田旅籠町
昌平橋

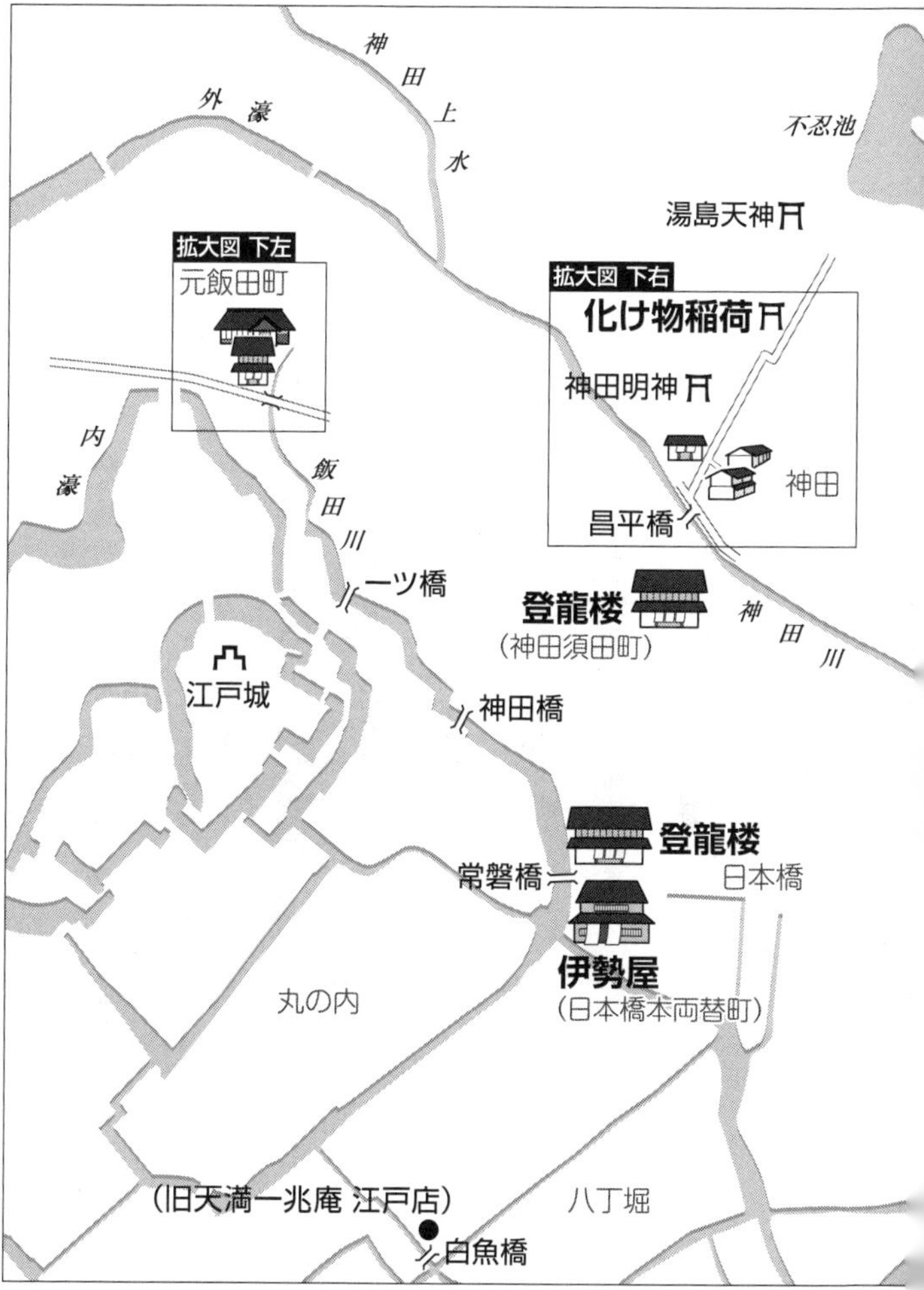

神田上水
外濠
不忍池
湯島天神
拡大図 下左
元飯田町
拡大図 下右
化け物稲荷
神田明神
神田
昌平橋
内濠
飯田川
一ツ橋
登龍楼
(神田須田町)
神田川
江戸城
神田橋
登龍楼
常磐橋
日本橋
伊勢屋
(日本橋本両替町)
丸の内
(旧天満一兆庵 江戸店)
八丁堀
白魚橋

『みをつくし料理帖』

主な登場人物

澪《みお》　幼い日、水害で両親を失い、大坂の料理屋「天《てん》満《ま》一兆庵《いっちょうあん》」に奉公。
今は江戸の「つる家」で腕をふるう若き女料理人。

芳《よし》　もとは「天満一兆庵」のご寮さん（女将《おかみ》）。今は澪とともに暮らす。
行方知れずの息子、佐兵衛《さへえ》を探している。

種市《たねいち》　「つる家」店主。澪に亡き娘つるの面影を重ねる。

ふき　「つる家」の下足番。弟の健坊は「登《と》龍楼《りゅうろう》」に奉公中。

おりょう　澪と芳のご近所さん。「つる家」を手伝う。夫は伊佐三《いさぞう》、子は太一《たいち》。

小松原《こまつばら》　謎《なぞ》の侍。辛口ながら澪に的確な助言を与える。

永田源斉《ながたげんさい》　御典医・永田陶斉《とうさい》の次男。自身は町医者。

采女宗馬《うねめそうま》　料理屋「登龍楼」店主。

野江《のえ》　澪の幼馴染み。水害で澪と同じく天涯孤独となり、
今は吉原「翁屋《おきなや》」であさひ太夫として生きている。

今朝の春

みをつくし料理帖

花嫁御寮——ははきぎ飯

神無月《かんなづき》十三日、早朝。

飯田川《いいだがわ》の水面《みなも》に薄く霧が立ちのぼり、俎橋《まないたばし》を行き交うひとびとの息も白い。

「さて、と。これで良し」

九段《くだん》坂へ続く通りにある料理屋「つる家《や》」。店主種市《たねいち》は満足気な表情で、今、自身の手で表格子に貼《は》り終えたばかりの紙を眺めた。「三方よしの日」と書かれた文字は墨がまだ乾ききっておらず、朝の日差しに濡《ぬ》れ濡れと輝いている。

それを目にして、通行人たちの足が止まった。

「親父《おやじ》、七つ（午後四時）からだな？」

盃《さかずき》を持つ真似《まね》をして、そう尋ねる者が居る。

種市が、へい、と答えると、立ち止まった男たちの顔がぱっと輝いた。

「ありがてぇ。仕事上がりに今夜はここで、旨《うま》い酒と肴《さかな》が楽しめるって寸法だ」

「それを励みに働くとするか」

言い残して散っていく男たちの背中に、種市は、

「旨い酒と、腕自慢のふたりの料理人の拵《こしら》えた、とびきり旨い肴でお待ちしてます」

と、声を張る。

店主の大きな声は中の調理場まで届いて、丁度、大根の皮を剝《む》いていた澪《みお》をくすりと笑わせた。

「ああ言われちゃあ、下手なものは出せねぇな」

鯖《さば》をおろす手を止めて呟《つぶや》くと、又次《またじ》がやれやれ、と首を振る。

普段は酒を出さないつる家だが、月に三度、三のつく日にだけ、夕餉《ゆうげ》時から酒を出すようになった。「三方よしの日」と名付けられた当日には、吉原遊廓《よしわらゆうかく》「翁屋《おきなや》」の料理番、又次が、澪の助《すけ》っ人《と》として調理場に立つ。息の合ったふたりの料理人の作る肴に胃袋を鷲摑《わしづか》みにされたのか、この日を心待ちにするお客も多い。

「こりゃあ良い鯖だ。どう調理する？　味噌《みそ》煮か、それとも塩焼きか？」

又次に問われ、澪は、いいえ、と答えた。

「塩をして、あらで出汁《だし》を引き、大根と合わせて煮ようかと思います。ただ煮るよりも出汁を多めにして、汁もののようにしようかと」

汁もの、と繰り返して、又次は眉根《まゆね》を寄せる。酒の肴に汁ものは合わない、と以前、又次に言われていたのを思い出して、澪は両の眉を下げた。

「急に冷えたので、まずは汁もので温まって頂こうと思ったんですが、駄目でしょうか」

いや、そうじゃねぇ、と又次は首を振る。

「鯖を汁ものにするのは、江戸ではあまり無《ね》ぇことだ。俺も食ったことがねぇな。大坂じゃあ、そうして食うのか？」

鯖に限らないんです、と言いながら澪は、懐かしそうな顔になる。

「大坂の商家の食はとても倹《つま》しいんです。魚なら、あらまで使って一尾を食べ尽くす工夫をします。奉公人にとっては、魚のあらと残り野菜とを煮たものがたまのご馳走《ちそう》でした。船場煮《せんばに》、と呼ぶひともありますが、具も作り方も家によって違うんですよ」

天満一兆庵《てんまいっちょうあん》では、塩鰤《しおぶり》と大根を用いて、汁もたっぷりにすることが多かった、と澪は思い出を惜しむように語った。

なるほどなあ、と又次は唸《うな》る。

「あらまで使って汁にすりゃあ、安上がりの上に旨い。俺も作り方を覚えて帰って、あさひ太夫《たゆう》に作るとしよう」

あさひ太夫に、と繰り返して、澪は幸せそうに頰《ほお》を緩めた。

「おいでなさいませ」

暖簾《のれん》を捲《めく》ってお客を迎える、下足番ふきの明るい声が響く。

「お澪坊、菊花《きっか》雪《ゆき》を三つだ」

「こちらは茶碗蒸《ちゃわんむ》しを二人前だす」

種市と芳《よし》とが調理場と座敷とを往復して、お客の注文に応じている。暮れ六つ（午後六時）を過ぎる頃には、一階の入れ込み座敷、二階の小部屋ともお客で埋まった。

「繁盛にも程がある。目が回りそうだぜ」

調理の合い間を縫って汚れた器を洗いながら、又次がそう洩《も》らした。苦労を厭《いと》うのではなく、むしろ店の賑《にぎ》わいを喜んでいるような声の響きだった。澪が返事をしようとした、その時。

勝手口ががらりと開いて、男がぬっと入って来た。途端、又次が鋭い目つきで身構える。現れた男の顔を見て、澪は手から器を落としそうになった。

「小松原《こまつばら》さま」

相も変わらず薄汚れた藍縞《あいじま》木綿《もめん》の袷《あわせ》に朽葉《くちば》色の帯。小松原は、常の軽口も無く、黙ったまま板敷にどっかと腰を下ろした。表情も何処《どこ》となく暗い。具合でも悪いのか、と澪は不安な気持ちのまま、男を見つめた。それに気付いた小松原が、よう、下がり眉、と澪を呼び、にやりと笑ってみせる。

「熱いのを一杯。あとは旨いのを見つくろって食わせてくれ」

「はい」

澪はつい、弾んだ声を上げた。

小松原が常客だと悟ったのだろう、又次は軽く会釈して洗い物に戻る。小松原はその又次の幅広の背中にじっと視線を投げたまま、料理が運ばれるのを待っていた。

「お待たせしました」

「ほう、大根と鯖の汁ものか。珍しいな」

そう洩らして、小松原は大ぶりの椀《わん》を手に取る。鯖と大根の旨みが効いた汁をひとくち。うむ、旨いな、という男の声に、澪は知らず知らず口もとを綻《ほころ》ばせた。

「これは大坂の味か？　大坂では確か、鰤と大根とを合わせることが多い、と聞いたが。鯖というのは珍しい」

少し考え込んで、小松原ははっと顔を上げた。

「西鶴《さいかく》だったか、古い草双紙《くさぞうし》の中に、『せんば煮』という料理が出て来たが、もしやこれか」

「多分、違うと思います。昔は、鳥肉と青菜を合わせたものを『せんば煮』と呼んだと聞きました」

千羽や煎葉《せんば》の字をあてる、古い「せんば煮」とは、薬喰《くすりぐ》いと聞いていた。自信がないながらも、澪がそう言うと、小松原は珍しく感動した面持ちになった。

「そうか、いや、長年ずっと気になっていた料理の内容がわかった」

そう言って、男は箸《はし》を動かし続けた。気のせいか、目の周囲に浮腫《むく》みがあって、それが澪には少し気がかりだった。

「思いのほか塩が効いているが、口に合う」

忽《たちま》ち中身を綺麗《きれい》に平らげると、小松原は満足そうに椀を置いた。

「この料理、つる家の客の受けはどうだ？」

問われて澪は、それが、と両の眉を下げた。お客は珍しがって一応は平らげてくれるものの、誰もが決まって、鯖は味噌で煮た方が旨い、と言うのだ。情けなさそうに眉を下げている娘に、やはりな、と小松原はほくそ笑んだ。

「留守居役《るすい》が通うような料理屋では鯖を汁ものにするが、味噌で煮た鯖を食べ慣れている身には、どこか物足りないのだろうよ」

澪の眉が一層下がる。

今度鯖を使う時はやはり味噌煮か塩焼きにしよう、と心に決めた。

「何だ何だ、小松原の旦那《だんな》、いらしてたんですかい」

注文を通しに来た種市が、小松原を見つけるなり、嬉《うれ》しそうに声を上げた。板敷に這《は》い上がり、小松原ににじり寄る。

「嬉しいねぇ、旦那、今夜は帰しませんぜ。五つ（午後八時）で看板なんで、それまでゆっくりしておくんなさいまし」

「白髪《しらが》頭の爺《じい》さんに言い寄られて嬉しいものか。悪いが、俺はこれで帰るぜ」

老いた店主を振り払うようにして、小松原は板敷を下りた。懐に手を入れて銭を取り出すと膳《ぜん》の上に置き、さっと勝手口から出ていってしまった。

「ちぇ、何だよぅ、小松原の旦那ぁ」

種市は勝手口を開けて、未練がましく幾度もその名を呼んでいる。

待ち焦がれていた小松原が漸《ようや》く店に姿を見せたというのに、何と慌ただしいことか。

澪は半ば呆然《ぼうぜん》としながら、ふと、足もとへ目をやった。

「あら」

小さく折り畳んだ紙が落ちている。先には無かったものだ。芥《あくた》かしら、と拾い上げて指で軽く押さえると、何か小さく粒々とした感触があった。念のため、開いてみる。

乾燥した茶色い種のようなものが入っていた。小松原の落としものだ、と気付くや否や、澪は店主を押しのけて、開け放たれた勝手口から外へ飛び出した。

丸みを帯びた優しい形の月が、九段坂下を明るく照らしている。坂を行く人影はない。ならば俎橋の方か、と澪は手にしたものを胸に抱くようにして、小走りに走った。橋の中ほどに来たけれど、小松原の姿は何処にも見えなかった。小松原さま、小松原さま、と呼んでみたが返事はない。

しゅんと肩を落とし、店へ戻りかけた澪だが、立ち止まって後ろを振り返った。冴《さ》え冴《ざ》えとした月明かりが、武家屋敷の瓦《かわら》屋根を銀色に輝かせている。

小松原さまは、一体どんなご身分なのだろう。もしや、りうさんの話していた御膳《ごぜん》奉行というお役職なのかしら。何処にお住まいで、誰とお暮らしなのだろう。奥さまは……。

二年前、化け物稲荷《いなり》で小松原の本来の姿を見かけた時に、一切詮索《せんさく》はしまい、と心に決めた。だが今は、小松原に関《かか》わることならどんな小さなことでも知りたい。そう願ってしまう。知ったところで、苦しいだけなのに。

「土圭《とけい》の間の小野寺《おのでら》さま」

小さく呼んでみて、澪は諦《あきら》めたように首を振り、つる家へと戻るのだった。

「さっきのお武家だが……」

暖簾を終《しま》ったあと、押し黙ったまま包丁の手入れをしている澪に、又次がぼそりと言う。

「わざと草臥《くたび》れた格好をしているが、ありゃあ、ただの浪士じゃねぇな。あれが澪さんの想《おも》いびとか」

はっと顔を上げて、澪は又次を見た。その瞳《ひとみ》に怯《おび》えが宿るのを見てとって、又次は、低い声で続けた。

「身分を隠して里へ通う侍なら、俺ぁ、嫌ってほど見て来たんだ」

又次さん、と澪が震える声で問うた。

「どんなご身分のかただと？」

澪から包丁を取り上げ、替わって砥石《といし》に向かいながら、又次は慎重に口を開いた。

「古い草双紙に出て来る料理の名まで正確に覚えているなんざ、ざらにはねぇよ。何か書物に関わる役職……御書物奉行とかいうのを聞いたことがあるが」

小松原の台詞《せりふ》を頭の中で反芻《はんすう》しているのか、又次は、研ぐ手を止めて視線を空に向ける。

「いや、違う。留守居役の通う料理屋のことまで知ってるとなると、書物じゃねぇな、料理の方だ。何か料理に纏《まつ》わる役職だろう」

「料理に纏わる役職……」

「ああ。それも多分、賄《まかな》い方とか台所人とかの下っ端じゃねぇ。もっと上の方だろう」

そう結んで、又次は目の前の娘が悲愴《ひそう》な顔をしていることに気付いた。

「いや、こいつぁ悪かった。どれも全部、俺の勝手な独り言だ。身の上の当て推量なんざ、とんだ野暮だった。忘れてくんな」

慌てて首を振り、澪に詫《わ》びるのだった。

翌朝。

澪の姿はつる家の外の井戸端にあった。人目を気にしながら、懐から紙を取り出し、そっと開く。焦げ茶に乾いた小さな粒々は、紙の上でかさかさと鳴った。植物の実か種らしいのだが、澪にはその正体がわからない。

「澪ちゃん」

おりょうの声が聞こえて、澪は慌てて紙を元通りに包み直し、懐へ仕舞った。

ああ、ここに居たんだね、とおりょうは井戸端に蹲《うずくま》る澪を見つけると、笑顔になる。

「今、坂村堂《さかむらどう》さんが見えて、店開け前の忙しい時に悪いんだけど、澪ちゃんを呼んでくれ、ってさ。旦那さんと内所《ないしょ》の方で待っていなさるんだよ」

はい、すぐに、と澪は言って、不安を振り払うように元気よく立ち上がった。

「澪さん、朝早くに済みません」

内所に顔を見せた澪に、坂村堂は泥鰌髭《どじょうひげ》を震わせて、嬉しそうに頷《うなず》いてみせる。その隣りに、見慣れぬ男の姿があった。四十路《よそじ》半ば、誂《あつら》えの良い銀鼠《ぎんねず》の結城紬《ゆうきつむぎ》に身を包んでいる。穏やかな風貌《ふうぼう》ながら、さっと値踏みするように澪を見た。

「こちらが、つる家さんの腕自慢の料理人です」

坂村堂は、男にそう言って澪を紹介したあと、澪の方へ向き直って、こう続けた。

「澪さん、こちらは日本橋両替町の、伊勢屋久兵衛《いせやきゅうべえ》さままでです」

伊勢屋久兵衛さま、と口の中で繰り返して、澪は、あっ、と低く声を上げた。

「もしや美緒《みお》さんの……」

「そうなんですよ、澪さん。あの美緒さんのお父様です」

言いながら、坂村堂は笑い出した。

「澪さんに美緒さん。字は違えど同じ名だからややこしくなりますが」

坂村堂の言葉を受けて、久兵衛は澪に丁重にお辞儀をする。

「同じ名というのも何かの縁。この度は、折り入ってお願いしたいことがあり、坂村堂さんに間に入って頂きました」

突然のことに戸惑い、澪は坂村堂と種市とを交互に見た。種市は困ったようにばりばりと白髪頭を掻《か》いている。

「それがな、お澪坊。あの弁天様……じゃねぇや、美緒お嬢さまに、料理を教えて欲しいって話なんだ」

「えっ」

思いがけない申し出に驚いて目を剝いている料理人に、坂村堂が、軽く咳払《せきばら》いしたあと、こんな風に続けた。

「正しくは、料理ではなく、包丁使いを教えて差し上げて欲しいのです。実は、美緒さんに大奥ご奉公のお話が出ていましてね」

ただの武家奉公ではない、大奥への御奉公が叶《かな》えば、美緒にとっても伊勢屋にとっても、これ以上に名誉なことはないのだ。だが、大奥では、採用に際して包丁使いの試験があるという。

「実際に大根を千六本《せんろっぽん》に切ってみせ、その美しさや俎板《まないた》の音の響きなどが試されるのだそうですよ。久兵衛さまからご相談を受けた時に、これはもう、つる家の女料理人にお願いするしかない、と思いましてね」

「はあ……」

澪は両の眉を下げて、返事とも吐息ともつかない声を洩らした。坂村堂の言っていることの意味が半分もわからないのだ。裕福な大店《おおだな》の娘である美緒が、何故奉公に出なければならないのか。それも大奥に。また、奉公に出るのに包丁使いを試される、というのも謎《なぞ》だ。俎板の音をどうしろというのか。

如何《いかが》でしょうか、と坂村堂に重ねて尋ねられて、澪は眉を下げたまま、首を横に振った。

「私はつる家の調理場を預かる料理人です。毎日お客さんに喜んで頂ける料理を作るのに精一杯で、美緒さんに教えるだなんて……」

坂村堂と種市は、やっぱり、という顔になった。だが、久兵衛だけは違った。

「今の返答で、やはりあなたに娘の指南役をお願いしたいと思いました」

親馬鹿とお思いでしょうが、と前置きの上で、久兵衛は、視線を澪から種市、坂村堂へと移しながら、ゆったりとした口調で続けた。

「美緒は我儘《わがまま》ながら、一途《いちず》な娘でございます。あれが源斉《げんさい》殿とのご縁を望むなら、何とか叶えてやりたい。大奥へ御奉公することで武家の暮らしを学び、御典医《ごてんい》の御子息に相応《ふさわ》しい格式を身につけさせたいと思います」

なるほど、と種市が小さく膝《ひざ》を叩《たた》いた。

「あっしも、聞いたことがありますぜ。町娘が大奥奉公することで良縁に恵まれる、武家と縁組する道も拓《ひら》けるってね。そういうことなら、お澪坊、ここはひとつ、お引き受けしたらどうだい」

一転、澪の説得に乗り出した店主に、澪は弱りきって一層、眉を下げた。

「苦しいわ、これ、外して良いかしら」

昼餉時を過ぎた、つる家の調理場。胡桃《くるみ》色の梅花小紋姿の美緒が、苦しそうに襷《たすき》を手で引っ張っている。

「いけません。襷を掛けないと袖《そで》が邪魔で仕事になりませんから。それより明日からはひとりで出来るようになってくださいね」

澪は言って、緩んだ襷を締め直した。包丁の持ち方を教えて、まずは美緒に大根の皮を剝いてもらう。一心に包丁を動かす様子がいかにも危うげで、種市やおりょうが、両脇からはらはらと見守った。

「ちょ、ちょっと指を切っちゃいそうだよ」

「怪我《けが》だけは勘弁してくだせぇよ。俺ぁ、伊勢屋の旦那に申し訳が立たねぇ」

美緒が唇を尖《とが》らせてふたりを交互に見る。

「静かにしてよ。気が散るじゃないの」

組板の上に、ぼとりと大根が落ちた。皮を剝くはずが、身の方が細るほどえぐられた大根を手に、澪はやれやれと溜《た》め息をつく。千六本への道は随分と遠そうだった。

入れ込み座敷から、澪を呼ぶ清右衛門《せいえもん》の苛立《いらだ》った声が響いて来た。

「坂村堂から聞いたぞ」

調理場から駆け付けた澪を見るなり、清右衛門は吐き捨てる。

「伊勢屋の馬鹿娘に包丁扱いを仕込むだと？　無駄なことを。あれに料理は無理だ。その暇があるのなら、何故、新しい献立作りに力を尽くさぬのだ。それでも料理人か」

澪は、その罵声《ばせい》が調理場の美緒に聞こえる、と思うと気が気ではない。坂村堂さんが持ち込んだ話でこんなことになっているのだから、と救いを求めるように版元を見る。しかしその頼みの綱の坂村堂、怒り狂う清右衛門の隣りで、いつものように丸い目をきゅーっと細めて美味《おい》しそうに栗《くり》ご飯を頬張っているのだ。

「栗がほこほことして素晴らしく美味しい。上にかかっている胡麻《ごま》塩がまた何とも。いやぁ、美味しいものを食べると大抵のことはどうでも良くなってしまいます」

この世の極楽、という表情で食べ続ける版元の姿に、戯作者はひとり怒るのが馬鹿らしくなったらしい。唇を捻《ね》じ曲げて、憮然《ぶぜん》と箸を取った。その場の険悪な空気が和らいだことに澪はほっとする。うんうん、と頷きながら口のものを飲み込んでしまうと、坂村堂は空になった飯碗《めしわん》を澪に差し出して、お代わりを頼んだ。

空の飯碗を盆に載せて調理場へ戻ると、美緒とおりょうたちが揉《も》み合っている。

「馬鹿娘だなんて言われて、それでも我慢しろっていうの？　偉い戯作者だか何だか知らないけれど、あんまりよ」

まあまあ、と種市が娘を必死で宥《なだ》めた。

「あの旦那の口の悪いのは昔っからなんで」

「そうとも。馬鹿娘だなんて、まだ可愛《かわい》いほうさ。りうさんなんざ『化け物』呼ばわりだよ」

おりょうが脇から言い添える。

暫《しばら》くはこうした日々が続くのか。そう思うと、げんなりして澪は天井を仰いだ。

三日経《た》ち、四日が過ぎても、美緒の包丁の腕前は一向に上達しない。夜の仕込みの合い間を縫っての、一刻《いっとき》（二時間）ほどの間は、用のない限り誰も調理場に入って来なくなった。あまりに無残な練習風景に居たたまれないのだろう。

「源斉先生が『暫くは医学の道に専念したいから妻帯しない』と仰《おっしゃ》ったから、その間に大奥で箔《はく》をつけるように、と父に言われたの」

組板の上に、蒲鉾《かまぼこ》板ほどの厚さに剝かれた大根の皮が散らばっている。それに目を落として、美緒は小さく溜め息をついた。

「包丁扱いの試験は形だけのものらしいわ。でもここまで出来ないなんて……。それにやっぱり、この私に奉公なんて無理よ」

それはそう思う、という言葉を澪はぐっと飲み込んだ。目の前の娘があまりしょげているのが気の毒になる。千六本だの、俎板の音の響きの美しさだのは難しくとも、料理する楽しさは知って欲しい。澪はそう思い、ふと調理台に置かれた鉢に目を止めた。洗い胡麻をひたひたの塩水に浸けたものが入っている。

「ねえ、美緒さん、今日は大根を切るのはお休みにして、胡麻塩を作ってみない？」

言いながら、鉄鍋《てつなべ》を七輪《しちりん》にかけた。

「胡麻塩？」

「ええ。栗ご飯やお赤飯にかける、あれよ」

うちのはちょっと面白いの、と澪はにっこりと笑ってみせた。

一階の入れ込み座敷。いつもの席で清右衛門と坂村堂とが、遅い昼餉を取っている。

その様子を、種市とおりょうが所在無げに眺めていた。二階座敷の武家の客を見送ったあと、芳がそこに加わる。

「済みませんが、ご店主」

大根おろしを添えた秋刀魚《さんま》の塩焼きを、この上なく幸せそうに食べていた坂村堂が、空の飯碗を手に取った。

「お代わりを頂けますか？」

「こっちもだ」

腹立たしそうに、清右衛門が声を上げる。種市が飯碗を取りに行こうとした時、

「あ、今、おひつでお持ちします」

と、調理場から澪の声が響く。時を置かず、澪がおひつと小鉢を持って現れた。

「何だ、これは」

清右衛門と坂村堂が、小鉢を覗《のぞ》き込んでいる。少し白っぽく見える黒胡麻が入っていた。煎《い》り立ての胡麻特有の、芳《こう》ばしい香りがする。

「この前、坂村堂さんに褒めて頂いた胡麻塩です」

胡麻塩はひとに依《よ》って作り方がまちまちだ。多くの場合、胡麻と塩とを煎《い》って合わせるが、置いておくと、どうしても胡麻の層と塩の層とに分かれて、食べる時に哀し

い思いをする。

「ですから、先に洗い胡麻を塩水に浸しておいて、鉄鍋で気長に煎ったんです」

澪の説明を聞き、坂村堂が胡麻塩を手の甲に載せてひょいと口に含んだ。途端、丸い目が糸のように細くなる。うんうん、と頷くと、目を開けて澪の顔を見る。

「なるほど。胡麻に塩味がついていて、これだけで食べても美味しいですね」

負けず嫌いの清右衛門が、新たに装《よそ》わせた白飯に、その胡麻塩をふりかけた。不服そうに頬張って、忽《たちま》ち瞠目《どうもく》する。

「ふむ、まあまあだ」

無愛想な振りをしているものの、清右衛門の箸は止まらない。相当気に入ったことがわかって、澪は、ふふっと笑った。少し開いた襖《ふすま》から、美緒がこちらを気にして覗いているのが見える。中座を詫び、美緒のもとへ駆け寄ると、その手を引っ張って、清右衛門たちのもとへ戻った。

口をへの字に曲げている美緒を前へ押し出すようにして、澪は明るく言った。

「その胡麻塩は、このかたが作りました」

忍び笑いが聞こえる。

その気配に眠りから目覚めて、澪は半身を起こした。板の隙間《すきま》から幾筋も月の光が差し込み、室内は意外に明るい。

「ああ、堪忍やで、澪」

横で寝ていた芳が、起こしてしもたなあ、と済まなそうに声をかけた。

「ご寮《りょん》さん、どうかなさったんですか？」

「今日の伊勢屋の嬢《いと》さん、それに清右衛門先生や坂村堂さんの、あの時のことを思い出したら、何やもう、可笑《おか》しいて可笑しいて」

言うなり、また笑いが込み上げて来たらしく、芳は夜着に顔を埋めて、くっくっと声を洩らした。とほほ、と澪は情けない顔になる。

胡麻塩を作ったのが美緒だと知れて、清右衛門は「騙《だま》された」と大荒れに荒れ、散々に悪態をついて支払いもせずに出ていった。片や坂村堂は、「あんまり美味しいので」と美緒の作った胡麻塩で白飯を三度もお代わりしたのだ。美緒は美緒で、清右衛門と坂村堂を相手に、怒りで青ざめたり、嬉しさで上気したり、と大忙し。

「美緒さんが作ったこと、伏せておけば良かったです。黙っていたら良かったのに」

萎《しお》れた声で澪が呟くと、芳は夜着を捲って身を起こし、澪に向き直った。

「お客さんに料理人でないもんが作ったものを出す、いうのははんまはあかん。お店のためにはならんことや。同じことはもう二度としたらあかんで」

言われて澪は、一層、萎れた。芳の言う通り、あれは賄いに留《とど》めておくべきだった。

しゅんと項垂《うなだ》れる娘に、芳は優しく言い添える。

「ただ、あれはあれで伊勢屋の嬢さんのためにはなった。自分の作ったもんで誰ぞに『美味しい』いう言葉をかけてもらうんは、嬢さんには初めてのことやったやろし」

暫くは家でも作りはるやろ、と芳は言い、また楽しげに笑った。先達て、戻ったはずの簪を失い、息子佐兵衛の消息も摑み損ねた。辛《つら》いことばかりが重なった芳。その芳が明るく笑ってくれているのだ。次第に澪は幸せな心持ちになり、最後は一緒になって声を合わせて笑うのだった。


翌日、昼餉時を過ぎた頃、美緒が小女《こおんな》に風呂敷《ふろしき》包みを持たせて、つる家に現れた。

「胡麻塩作りが楽しくて、朝から沢山作ってみたの。皆さんにもお裾分《すそわ》けよ」

ぎっちりと胡麻塩の詰まった樺《かば》細工の茶筒が三つ。つる家の面々は驚いて、互いの顔を見合わせた。

「これ、全部、お嬢さんが？」

おりょうが問うと、美緒は自慢気に、ええ、と頷いた。

「昨夜のうちに洗い胡麻を塩水に浸けておいて、朝から鉄鍋で煎ったの。まあ、少しは店のものにも手伝ってもらったけれど」

大部分を手伝ってもらったに違いないのに、美緒は得意満面で言う。

「奉公人たちにも分けてあげたら、皆、美味しい美味しいって。私、自分のことを、ただ綺麗なだけが取り柄だと思っていたけれど、そうじゃなかったのねえ」

鼻高々の娘に、一同は揃《そろ》って俯《うつむ》く。笑いを堪《こら》えたため、それぞれの肩が揺れた。

「何だ、この店は。下足番は何処へ行った」

入口で清右衛門の怒鳴る声がして、ふきが飛んで行った。土間越しに座敷を覗いて、

「もっともっと料理の腕を磨いて、もう馬鹿娘なんて呼ばせないわ」

と、美緒は勝ち誇ったように呟いた。

美緒が危うい手つきで大根と格闘している間に、澪は干しておいた笊《ざる》を取り入れるために勝手口から外へ出た。

「あら？」

つる家の表に駕籠《かご》が止まる気配がした。駕籠で来るお客などこれまで居なかったので、不思議に思って路地からひょいと覗いてみた。

宝仙寺《ほうせんじ》駕籠の傍《そば》に、初老の侍がひとり。駕籠に向かって何か話しかけている様子だ。

窓が少し開いて、上品な江戸紫の頭巾《ずきん》が見えた。年輩の女のようだった。侍がこちらに向き直ったのを見て、澪は慌てて身を隠した。

「おいでなさいませ」

侍がつる家の暖簾を潜《くぐ》ったのだろう、迎え入れるふきの明るい声が響いた。

調理場に戻ると、大根の皮を剝いていたはずの美緒の姿がない。慌てて座敷の方を覗いて、澪は青くなった。

美緒が清右衛門と坂村堂の傍にちゃっかり座り込んでいるのだ。清右衛門はそっぽを向き、坂村堂は丸い目をきょとんとさせて、美緒の話し相手になっている。座敷へ上がろうとする澪を、注文を通しに来た芳が止めた。

「お前はんは関わらん方がよろし。それより早《はよ》う、料理を出しなはれ」

はい、と澪は頷いて、心を残しながらも新たなお客の料理にかかる。牡蠣飯《かきめし》に、風呂吹き大根。豆腐と油揚げとを加えた根深汁《ねぶかじる》に、青菜の切り漬けを添えた。ほかほかと湯気の立つ器を膳に並べて、新しいお客のもとへと運ぶ。

「私には美緒、という名があるのですから、もう二度と、馬鹿娘だなんて呼ばないでください」

「ふん、美緒とはまた、気性に似合わぬ殊勝な名だな。名前負けも甚だしい」

　座敷では、互いに視線を合わさぬまま、美緒と清右衛門との応酬が続いている。その様子を、調理場に近い席で、先の初老の侍が興味深そうに眺めていた。

「お待たせしました」

　澪がその侍の前へお膳を据えると、それを機に美緒が奥の席から立ち上がった。やれやれ、と安堵《あんど》の息を吐いて調理場へ戻ろうとする澪を、侍が低い声で呼び止める。

「あの娘御は『みお』殿で間違いないのか？」

　おかしなことを聞く、と澪は内心首を傾《かし》げながら、はい、と答えた。すると侍は、何やら得心した顔で、なるほど、なるほど、と繰り返し頷いたのだった。

　その日、暖簾を終ったあと、種市が首を捻りながら調理場へ顔を出した。

「妙なこともあるもんだ」

　包丁を研ぐ手を止めて、何がですか、と尋ねる澪に、店主は難しい顔でこう続けた。

「ありゃあ初めての客だと思うが、五十がらみの白髪頭の侍が居たろう？　ほら、弁天様と戯作者先生の戦の最中に」

　あのひとだわ、と澪も頷いてみせた。種市が言うには、帰り際にふきを捉《つか》まえて、美緒の素性を根掘り葉掘り聞き出したとのこと。

「岡《おか》っ引《ぴ》きじゃあるめぇし、ひとの身辺を嗅《か》ぎ廻《まわ》るなんざ、嫌な野郎だぜ。ふき坊はまだ子供だろ？　深く考えねぇで日本橋伊勢屋の名前まで出しちまったんだ」

　種市の背後で、ふきがしょんぼりと肩を落としている。あとになって変だと思い、種市の耳に入れたのだという。ああ、それは、と芳が何でもないように言った。

「聞き合わせと違いますか？　縁組やら奉公やらで、家の格やその人となりを聞いて廻るんは、ようあることやと思います」

　なるほど、と種市が膝を打った。

「大奥だな、そうに決まってらぁ。なぁに、日本橋伊勢屋ってなぁ大店だ。弁天様もあの通りの別嬪《べっぴん》だし。こりゃあ大奥入りも決まったようなもんだな」

「どこぞの若様が美緒さんを見初めはった、いうことも考えられますで」

　淡々と応《こた》える芳に、一同は黙り込んだ。

　もしそうなら厄介な展開になるのでは、と口にせずとも皆が思った。

　流し台の前にしゃがみこんで、小さな包み紙を開く。いつぞやの小松原の忘れものだ。焦げ茶の粒々にそっと触れてみる。もしも大切なものなら、小松原はすぐに取りに戻ったはずだ。大したものではない、と忘れられてしまっているなら、かわいそう。ぼんやりと考え込んで、背後に美緒が立っていることにも気付かない澪である。

「それはなあに？」

ふいにかけられた声に驚き、澪は尻餅《しりもち》をついた。その拍子に紙が飛んで、載せていたものが土間に散る。

「ああ」

泣きそうになって地面を這う澪を見て、悪いことをした、と思ったのだろう。美緒も身を屈《かが》め、一緒になって落としたものを拾い始めた。

「ありがとう」

最後のひと粒を拾ってくれた美緒に礼を言うと、包み直した紙を大切に懐に納めた。

「それも食材なの？」

問われて澪は、首を横に振る。

「たまにお見えになるかたの忘れもので、私にもこれが何かわからないのよ」

あ、と美緒は短く声を洩らした。

「そのかたは、もしかして、澪さんの……」

それに応えず俯く澪に、美緒は黙って寄り添った。暫くそうして、美緒は、ふと思いついたように口を開いた。

「ねえ、源斉先生に聞いてみてはどう？」

「源斉先生に？」

ええ、と美緒は大きく頷いてみせる。

「身体《からだ》が弱いせいで、薬なら色々見てるの。さっきのは薬種に見えたわ。もし違っていても源斉先生は博識よ。きっとわかると思う。私、源斉先生につる家にいらしてくださるようにお願いしてみるわ」


その日の夜。美緒に言われたからだろう、久しぶりに源斉が夕餉を食べにつる家を訪れた。入れ込み座敷に座った源斉を、種市が無理にも調理場へ引っ張って来た。

「源斉先生、あっしはね、心に決めました」

板敷に膝を揃えて座り、種市が言う。

「伊勢屋の弁天様、もとい、美緒さん、ありゃあ、鼻っ柱は強《つえ》ぇが、可愛い娘でさぁ。あっしはあの娘を応援しようと思います」

さらに言い募ろうとする種市に、源斉は心底弱った顔になる。

「旦那さん」

調理場へ入って来た芳が、さり気なく種市を制止し、座敷の方へ誘《いざな》った。

「胡麻塩の作り方を美緒さんに伝授されたそうですね」

そのまま板敷で夕餉を取り始めて、源斉は調理する澪の背中に話しかける。

「塩水に胡麻を浸す、というのは実に理に適《かな》った作り方ですよ。その方法だと、塩は少なくて済む。塩の摂《と》り過ぎは浮腫みのもとですから」

そうなんですか、と応えながら、ふいに、小松原の顔が浮かんだ。

あの夜、小松原の目の周囲には浮腫みがあったように思う。なのに塩の効いた鯖を食べさせてしまった。雑念に支配されそうになって、澪は軽く息を吐いた。気持ちを払って、串《くし》を手に取る。豆腐に塗られた柚子《ゆず》味噌が火に焙《あぶ》られて芳ばしく匂《にお》った。

注文の料理を仕上げて膳を芳に託すと、澪は濡れた手を前掛けで拭《ぬぐ》いながら、源斉に向き直る。

「源斉先生、見て頂きたいものがあります」

懐から取り出した紙を開いて、慎重に源斉に差し出した。源斉は両手でそれを受け取って、驚いたように目を見張った。

「これは地膚子《じふし》です」

「じふし？」

「ええ。ほうき草の実を乾燥させた薬種です。古くからある薬で、腎《じん》の臓の病、それこそ浮腫みを取るのによく使われるのですよ」

青ざめる澪を見て、何か事情がありそうだ、と察したのか、源斉は促すような視線を向けている。だが澪は唇を引き結んだまま、何も言わなかった。源斉は、地膚子を澪に返すと、思い出したように続けた。

「私たち医師は乾燥させたものを薬として用いますが、出羽《でわ》国だったか、陸奥《むつ》国だったか、この実を加工して料理に用いる、と聞きました」

「料理に？」

呟くように問い返す澪に、源斉は深く頷く。

「私も食べたことはないのですが、随分と手がかかるものだそうです。けれど、薬としてではなく、美味しい料理として口に出来れば、こんなに素晴らしいことはないでしょうね」

澪は手にした地膚子に視線を落としながら、源斉の言葉に聞き入った。

神田御台所町《おだいどころまち》。もと「つる家」の跡を澪は訪ねた。今秋、ここに偽物《にせもの》のつる家が現れ、随分な経験をした。思い返せば苦いものが込み上げて来るが、それを振り払うように、今は箒屋《ほうきや》となっている店の奥に声をかける。

「おやまあ、いつぞやの」

若い女房は澪のことを覚えており、朝早いにもかかわらず、にこやかに店の奥へと招き入れた。

「ほうき草の実ですか？」

そんなものを一体何に、と思ったのだろう。箒屋の店主夫婦は互いの顔を見合わせた。それでも、澪が源斉から聞いたことを伝えると、興味深そうに身を乗り出した。

「私どもは箒を作るためだけにほうき草を育てておりますが、本当に美しい草なんです。細かく枝分かれしたところに可愛い花が咲き、薄緑の丸くて可愛らしい実をつけます。今の時期は真っ赤に紅葉して、それはもう見事なほど。しかし、よもや、ほうき草の実が食べられるとは知りませんでした」

店主が言うと、おかみさんも脇から、

「乾いて薄緑から茶色に変わってしまいましたが、これから行ってその実を集めて来ましょう。今日の夜にもう一度お立ち寄りくださいな」

と、添えた。

夫婦に送られて店を出ての帰り、後ろを振り返って、澪はしみじみと嬉しかった。

偽のつる家の食あたり騒動では辛い思いもしたけれど、こうして今、新しい縁を結んでもらえた。振り仰げば神田明神《みょうじん》の大銀杏《いちょう》が見える。澪はその方角に両の手を合わせ、首を垂れた。

「何だか気味が悪くて」

つる家の調理場。大根の皮を相変わらず分厚く剝きながら、美緒が呟く。

「お琴《こと》のお師匠さまのところまで、私のことを尋ねたひとが居るそうなの」

「大奥に奉公するからではないの？」

澪の問いに、美緒は、違うわ、と首を振る。

「大奥への口利きなら滞りなく済ませた、と父が言っていたもの。私が恐いのは……」

重い吐息が、美緒の口から洩れる。

「父も断ることの出来ないような縁組が、持ち込まれることなの。縁組前にそういう聞き合わせをするのは、よくあることだもの」

「でも、大店の伊勢屋さんに断れないことなんて、あるのかしら」

澪の問いかけに、あるわよ、と美緒は唇を尖らせてみせた。

「身分の高いお武家さまからの申し出なら、断るのは無理よ。大店でも父は町人よ」

心の臓がどくどくと鳴るようで、澪は胸を押さえながら、さらに問うた。

「町娘の美緒さんがお武家に嫁ぐの？　身分が違うのに、そんなことが出来るの？」

生まれも育ちも大坂育ち。武家の慣《なら》わしなど一切知らない様子の娘に、美緒は呆《あき》れたように笑い出した。

「本当に何も知らないのねぇ。勿論《もちろん》、そのままじゃ無理よ。一旦《いったん》、何処かのお武家の養女になって、そこから嫁ぐことになるわ。父が私を大奥へ奉公させるのも、箔をつけて少しでも良い家の養女にさせたいがためなの」

御典医、永田陶斉《ながたとうさい》の子息と身分が釣り合うように、と久兵衛が取った苦肉の策。

澪は、そう、と小さく呟いて俯いた。自分でも上手《うま》く説明出来ないのだが、小さな針を知らずに飲み込んだような気分だった。

汲《く》み上げた水が冷たい。澪は桶《おけ》に水を張りながら、時折り、両手を擦《す》り合わせる。北風が路地を抜けて、つる家の井戸端まで土埃を吹き寄せていた。

桶には、昨夜、箒屋からもらい受けたほうき草の実が沈んでいる。余分なものを取り除いて陰干ししたはずが、細かい汚れがついているのだろう、幾度水を替えても、なかなか綺麗にならない。それでも根気よく、丁寧に丁寧に洗う。ひと粒ひと粒がとても小さいため指の間から逃げてしまう実を、澪は根気よく洗った。

美緒さんは大店のお嬢さんだから、お武家さまに嫁ぐことも出来る。でも私は……。

澪は昨日から胸の奥に巣くう暗い感情を持て余していた。これまで、誰かと自身とを引き比べて、羨《うらや》んだり、妬《ねた》んだりしたことはなかった。これが嫉妬《しっと》という感情なのだろうか。

美緒の屈託のない美しい笑顔を想う。大切に、手塩にかけて育てられたからこその愛すべき性格を想う。暮らし向きは違うし、立場も違うけれど、いつの間にか美緒のことを大切に想っているのも事実なのに。その美緒を相手に暗い感情を抱くことは、清らかな流れに泥を投げ入れるように思えて、澪は己が情けなかった。逃げるほうき草の実を捉まえて、掌《てのひら》で揉むように洗う。心の汚れも落とせますように、と願いを込めて洗う。

「それは、ははきぎの実ではないか?」

ふいに声をかけられて、澪は後ろを振り返った。江戸紫の御高祖頭巾《おこそずきん》を被《かぶ》った女性がそこに立っていた。からげた打ち掛けに前結びの掛下帯《かけしたおび》、懐には錦《にしき》の懐剣袋が覗く。武家の奥方と見てとって、澪は慌てて立ち上がり、腰を屈めて深くお辞儀をした。

「答えなさい。それははきぎでしょう」

叱責《しっせき》するような強い物言いに驚いて、澪は顔を上げる。

年の頃、六十前後。青白く浮腫んだ顔の中に、吊り上がった細い目が埋まっている。背が高い上に姿勢が良いため、澪には見上げるほどの大女に思われた。

「ははきぎか、と聞いておる。問われて答えないとはどういうことか」

老女の詰問口調に戸惑いながらも、澪は、

「ははきぎ、というものが何かがわかりません。これはほうき草の実です」

と、答えた。

ほうき草、と小さく呟いて、老女はじっと桶の中に視線を落としている。その不機嫌の理由がわからず、澪はどうしたものか、と両の眉を下げた。

老女が視線を澪に戻し、その途端、ふっと目もとが和んだ。

「さほどに眉を下げずとも良い」

口調が、柔らかになっている。

「腎の臓を病んで体調が優れず、我知らず苛立ってしまった。悪いことをしました」

老女から少し距離を置いて、侍女らしき若い女が、心配そうにこちらを見ていた。

老女はそれに構わず、桶の傍に腰を落とす。水の中に浅く手を入れると、懐かしい、と洩らした。

「ははきぎ、とはほうき草の古い呼び名。私の父は陸奥国、鹿角《かづの》の出で、この実を食すことを好んでいました」

澪は思わず、老女の傍らに両の膝をついた。

「私は、大坂生まれの物知らずです。教えてくださいませ。どう扱えば、これを食べられるように出来るのでしょうか」

はて、と老女は不思議そうに澪を見た。

「かようなものを食さずとも、この江戸には食べるものは数多《あまた》あろう。何故、わざわざ、ははきぎの実を食べようと？」

話してみよ、と促されて、澪はおずおずと、経緯《いきさつ》を語った。浮腫みのあるお客のために、と繰り返したあと、老女は穏やかな声で答えた。

「乾燥させ、茹《ゆ》でてから幾度も水に晒《さら》して固い皮を外すのです。皮が外れるまで、気が遠くなるほど冷たい水で揉み洗いせねばなりません。そして重石《おもし》をかけての水抜き。どれも怖ろしく厄介なことで、思いつきのみで試すのなら、止めた方が良い」

乾燥させ、茹で、と記憶に刻むように繰り返し、澪は額を地面に擦りつけた。

「ありがとうございます。やってみます」

奥方さま、と遠慮がちに呼ぶ声が聞こえた。体調を案じた侍女が、心配してすぐ傍まで来ていた。路地の間から、表通りに待つ宝仙寺駕籠が見えた。傍に初老の侍が待っている。前に美緒のことをあれこれ尋ねた男に違いなかった。

あっ、と声を上げそうになるのを澪は堪えた。見覚えのある光景に、このひとこそ、あの時の駕籠の中に居た女性だ、と気付く。

侍女に手を支えられて、老女は歩き出した。

「五日後、首尾を尋ねましょう。そなた、つる家の奉公人ですね？　名は何と？」

「澪と申します」

途端、老女は目を剝いて振り返った。

「何、みお？」

侍女の手を振り払い、老女は澪の傍へ駆け寄る。その顔を覗き込むと問うた。

「そなた、今、『みお』と名乗ったのか？」

「はい」

「つる家に居る『みお』とは、そなたのことなのか？　伊勢屋のひとり娘ではなく？」

両の眉を下げながら、澪は頷いてみせる。落ちていた小石を拾うと、水を吸って柔らかくなった地面に、「美緒」と「澪」の文字を並べて刻んだ。

「美緒さんは伊勢屋さんのお嬢さまで、つる家には包丁使いを習いに来られています。私も同じ『みお』という名ですが、つる家の料理人です」

ふたつの名を交互に指して話し終えると、澪は眉を下げたまま老女を見た。老女はというと、何と、と暫し絶句して澪を見つめていたが、やがて、くっくと笑い出した。笑いは徐々に大きくなっていく。

「ああ、苦しい」

本当に苦しそうに笑いながら、老女は侍女に捉まって何とか立ち上がった。そして、わけもわからず呆然としている娘を残し、そのまま笑い続けて駕籠に納まった。

神無月最後の「三方よしの日」。

その日、仕入れに出ていたつる家の店主は、筵《むしろ》に包んだ大きなものを背負ってふらふらになりながら、しかし上機嫌で戻った。

「おっ、又さんにお澪坊、相変わらず早《はえ》ぇなあ。今日も宜《よろ》しく頼むよ」

荷と心中しそうになっている種市を見て、澪と又次が慌てて駆け寄った。筵を受け取り、調理台へ置くと、中を開く。鮮やかな赤い肉を見せて、魚の半身がごろりと転がった。

「まあ、初だわ」

はしゃいで喜ぶ澪に、種市と又次とが仰天したように目を見張った。

「こいつぁ驚いた。お澪坊、この魚を見るのは初めてだったのかよぅ」

「珍しくも無ぇと思っていたが」

大坂では獲《と》れない魚なのかと呆然としているふたりに、澪は、違います、と慌てた。

「大坂では、この魚を『初』とか、『初の身』とか呼ぶんです。『天満屋』なんて洒落《しゃれ》て呼ぶひとも居ました」

へええ、とふたりの感嘆が重なる。

調理台に転がる魚、実は、鮪《まぐろ》であった。「しび」と呼ばれることもあり、死日の字をあてるため、縁起が悪いとして食べるのを避けるひとも多い。

「葱《ねぎ》と煮ると美味しいですよね」

「それより、浅草《あさくさの》海苔《り》で巻いてから小角に切って、山葵《わさび》醤油《じょうゆ》で食べると堪んねぇぜ」

又次が言うと、種市が涎《よだれ》を拭う素振りを見せた。ふたりの料理人があれこれと調理の手はずを相談しながら、鮪を捌《さば》いていく。

「四年前だか、馬鹿みたいに鮪が獲れた年があったねぇ、又さん」

うっとりと又次の包丁捌きを見ていた種市が、思い出したように言う。あったあった、と又次も包丁の手を止めて頷いた。

「あの年は、どこへ行っても鮪、鮪で。もともと安い魚だが、ただでも引き取り手が無ぇ。おかげで鮪を食う奴は貧乏人ってことにされちまって、吉原じゃあ随分と嫌われた」

　まあ、と澪は包丁の手を止めて吐息をつく。

「ただでも引き取り手が無いだなんて」

「獲れ過ぎるのも困りものだぜ。鮪は足が速ぇから、忽ち臭《にお》うだろ。あの臭いったら……。不味いのを我慢して塩鮪にするか、あとは肥料にするしか無ぇや。そのせいか、今でもおおっぴらに『食った』とは言えねぇやつが多いんだぜ」

「何だか鮪がかわいそうだわ」

　せめて美味しく仕上げよう、と澪は慈《いつく》しむような手つきで鮪を柵取《さくど》った。

　少し遅れておりょうと芳が顔を出し、準備万端整って、ふきが暖簾を出す。表格子、「三方よしの日」の張り紙を見て、前を歩く職人たちの足取りもぐんと軽くなった。


　昼餉時を過ぎ、いよいよ酒を出す用意を始めた頃。

　澪さん、と小さな声で呼ばれた気がして、澪は俎板から顔を上げた。勝手口を細く開けて、美緒が覗いている。そっと手招きされた。

　久兵衛との話し合いで、「三方よしの日」は包丁扱いの練習は休みにしてもらうことになっていた。首を傾げながら、澪は勝手口から外へ出た。

「やっぱりお武家さまみたいなの。それも、もしかすると、かなりご身分の高い……」

澪を見るなり、美緒は半分べそをかいたように可愛らしい顔をくしゃつかせた。澪の脳裡《のうり》に、昨日の背の高い女の姿が浮かぶ。おそらくはあのかたが、美緒さんを見初めた殿方のお身内ではないのかしら、と思う。

「私、源斉先生にお嫁入りしたいのに、出来なくなるかも知れない」

どうしよう、澪さん、とぽろぽろ涙を零《こぼ》し始めた娘の背中を、澪はそっと撫でた。慰めの言葉を探して、けれど何も思い浮かばない。

「まだ正式にお話が来たわけではないのでしょう？　美緒さんのことをただ聞いて回っているだけで」

それだけを言うのがやっとだった。

ほう、と、清右衛門が箸に取った鮪に見入っている。その隣り、坂村堂が丸い目をきょとんとさせて、刺身の皿を持ち上げた。

「これは珍しい。こんな姿の鮪は初めてです」

柵取って、六分《ぶ》（一・八センチ）ほどの幅で縦切り。それをくるりと浅草海苔で巻いて、端からひと口大に切る。海苔を巻かれた四角いさいころ形の刺身は、その夜、つる家の暖簾を潜ったお客たちを驚かせた。

坂村堂は、どう食べようか暫く迷い、結局、辛みの効いた山葵を鮪に載せ、ちょいちょいと醤油をつけて口に入れた。途端、丸い目がきゅーっと細くなる。うんうん、と頷き、惜しむように咀嚼《そしやく》した。

「これは良い。とても良いです。今月は婚礼が多く、あちこちで凝った料理ばかり食べて来たのですが、こういう知恵のあるものとは出会いませんでした」

坂村堂は料理を運んで来た芳に、そう感動を伝えた。

ひねくれ者の清右衛門は、ふん、と鼻を鳴らし、

「こんなもの、鮪と浅草海苔さえあれば、家で作れるわ。料理とも言えぬぞ」

と怒鳴る。そのくせ、空の器を芳にぬっと差し出して、お代わりを求める清右衛門であった。

「家でも作れる、か。耳が痛《いて》ぇな」

七輪で浅草海苔を焙っていた又次が、ぼそりと呟いた。

「でも、誰も鮪を浅草海苔で巻くだなんて、思いつかないもの。見れば自分で出来る

かも、と思うでしょうが、それを考え付くのは簡単じゃありません」

又次さんはすごいわ、と澪は皿を洗っていた手を止めて、つくづくと言った。途端、又次が腹を抱えて笑い出す。

「こいつぁ良いや。澪さんにすごい、と言われるとはな。誰も考え付かない料理を、次から次に生み出すあんたに」

又次の笑い声に、くすくすと可愛らしい笑い声が重なる。間仕切り越しにこちらを覗いていたふきが、両手で口を押さえた。


鋭く欠けた月が空にかかる。風のない夜で、凍った息は真《ま》っ直《す》ぐに空へ昇っていく。

裏店《うらだな》は眠りの中にあり、澪は、なるべく音を立てないように、桶に水を張った。桶に手を入れて、暫くすると冷たさで痺《しび》れ、感覚が消える。暗い手もとを注視しながら、中の粒々した実をゆっくりと揉み出した。

随分長く茹でたのにもかかわらず、黒い皮はなかなか外れてくれない。指の先で揉み込むようにして、やっと、という感じだ。幾度も、幾度も、水を替える。指の腹があかぎれで割れて、そこに実が入ると、飛び上がるほど痛い。時折り、痛みのあまり涙が滲《にじ》んだ。

「澪」

灯明皿《とうみょうざら》を手に、芳が部屋から出て来た。

「まだかかるんか。風邪《かぜ》を引いてしまいますで」

空いた方の手を伸ばして、澪の頰に触れる。

「まるで氷やないか。このままやったらあかん。早う部屋に戻りなはれ」

ほうき草の実ぃを食べるやなんて、そないなことせんかて、と芳は強い口調で言う。

澪は桶から手を出すと、手拭いで水気を拭い、芳の腕を取った。

「私は大丈夫です。ご寮さんは何も気になさらず、温かくしてお休みください」

無理にも芳を布団に戻して、澪はまた、井戸端へ戻る。

この料理を仕上げることで、小松原さまの力になりたい。それに……。

澪の脳裡に、件《くだん》の女性の顔が浮かぶ。

あのひととの約束まで、残り二日。もう刻がない。明日のうちには食べられるようにして、それからどんな料理にするか考えないと。あのひとが美緒さんの縁組を左右する立場にあるのなら、この料理をきっかけに、縁組の取り止めをお願いしてみよう。このままでは、美緒さんがあんまりかわいそうだもの。

――思いつきのみで試すのなら、止めた方が良い耳に蘇《よみがえ》る老女の声に、澪は、必ずやり遂げます、と小さく返答した。

湯が濁れば取り換えて、さらに煮る。自然に冷まして、そこから水に晒す。何度も水を替え、指先で揉むようにして皮を外す。

神田御台所町の箒屋の気の良い女房は、畑のほうき草の実を取り尽くすと、同業の畑を廻って、あるだけかき集めてくれた。お陰で、存分に試すことが出来た。つる家でも裏店でも、手の空いた時に吹きさらしの井戸端で、澪は水を張った桶に手を差し入れてほうき草の実を揉んだ。要領を摑み、黒く硬かった実を美しい薄緑の姿に生まれ変わらせることが出来た。

「ううむ」

口に含んだ種市が、妙な顔で唸っている。

おりょう、芳、それにふきも、困ったように互いを見合った。

「澪ちゃんに何か考えがあって、苦労して試してることだとは思うんだけどねぇ」

おりょうがまず口火を切った。

「何の味もしないんだよ。甘くも辛くも苦くもない。味がない、っていうと寒天を思い出すけど、これに比べりゃ寒天の方がまだ味があるよ」

澪の両の眉が下がった。おりょうの言う通り、確かに何の味もしない。でも、と澪はもうひと匙《さじ》、口に含んでゆっくり噛《か》んでみる。歯の間でぷちぷちと潰《つぶ》れるのは何とも楽しい。

「噛んだ時の、この感じはほかにはないと思います」

すると、確かにそうだす、と芳が頷いた。

「美味しい、いうんは単にその食材の持つ味だけで決まるわけやおまへん。食べた時の歯触りや舌触りも味のうちだす。この食材の持ち味は、歯触りだすやろ」

なるほど、と種市は、ぱんと手を叩いた。

「確かにそうだ。それに味が無ぇってのも、むしろ良いかも知れないぜ、お澪坊」

はい、と澪は瞳を輝かせた。

そうなのだ、味がない、ということは、ほかの食材の味を損なわない、ということ。何かと合わせるのに、これほど都合の良いものはない。思いがけない組み合わせになるものを、と澪は調理場にところ狭しと置かれている旬の食材を見まわした。

牛蒡《ごぼう》、栗、蓮根《れんこん》。繊維の固いものではあの食感を生かせない。

大根。卸して混ぜても面白いが、水っぽいのはどうだろうか。

葱、柚子、と見て、澪の視線が隅に置かれた山芋で止まった。

「おいおい、お澪坊、そいつぁ菊花雪にするんじゃねぇのかよぅ」

山芋を手に考え込む澪に、種市は恐る恐る声をかけた。


そのお客が現れたのは、翌朝、つる家がまだ暖簾を出す前のことだった。

春慶塗《しゅんけいぬり》の宝仙寺駕籠が表に止まり、侍女に手を取られて御高祖頭巾の女が駕籠を降りるのを見て、ふきはおろおろとうろたえる。箒を手にしたまま店へ駆け込み、種市を引っ張って来た。

「あい済みません、まだ店開け前でございます。準備が整っておりませんので」

老女の目的がわからないため、とりあえず店主はそう言って入店を断ろうとした。

無礼な、と侍女が青筋を立てたところで、良い、と老女がそれを制した。

「この店の、澪という名の料理人と約束をしたのです」

そう言われて、種市は戸惑いながらも、ふきに命じて二階座敷に通すことにした。

「何かわけがあると思うんで、二階へ上がってもらったよ」

種市からそう告げられて、澪は、柚子をくり抜く手を止めて、ありがとうございます、と頷いてみせた。

「どこかの家中の奥方さまのようだけど、うちみたいな店に、それも女ひとりで食事に来るだなんて、あたしゃ聞いたことがないよ」

座敷の掃除を終えたばかりのおりょうが、気味悪そうに首を捻った。花器に竜胆《りんどう》を生けていた芳が、水桶の水で手を濯《すす》ぎ始める。

「澪、お前《ま》はんがあの料理をお出しするつもりのおひとやな？」

「はい、ご寮さん」

手早くお茶の仕度にかかりながら、芳は澪の手もとを覗く。擂《す》り鉢で山芋を擂り始めたのを見て、およその仕上がりの見当がついたのだろう。

「小半刻（約三十分）ほどお待ち頂くようお願いして来ますよって」

湯飲み茶碗を載せた盆を手に、芳は軽やかに二階へと向かった。

濃いめの出汁《だし》に酒、塩、醤油を加え、ひと煮立ち。おりょうに手伝ってもらい、団扇《うちわ》で煽いでしっかり冷ます。擂り鉢で丁寧に擂った山芋に、それを少しずつ加えて伸ばしていく。江戸の山芋は、大坂の「つくね」と呼ばれる山芋に比し、粘りが薄い。だが、今回ばかりはその粘りの薄さが澪には嬉しかった。

炊き立てで湯気の上がっているご飯を、艶《つや》やかな朱塗りの椀に装った。拵えの終わった山芋をぬくぬくの飯の上にとろりとかけ、件の実を匙で掬《すく》って真ん中に置く。

おや、とおりょうが首を傾げた。

「ほうき草の実は、山芋に混ぜちまわないのかい？　澪ちゃん」

「ええ。全体に混ぜてしまうと、あまり美味しそうに見えないんです」

混ぜ込んでしまうよりも、こうして白いとろろの上に薄緑の実を置くことで、色味の対比が美しく映《は》える。見つめていると、早く食べてみたい衝動に駆られるのだ。

なるほどなぁ、と種市が唸った。

「菊花雪も綺麗だが、これも負けちゃあいねぇや」

用意した膳の上には、先に作っていた料理がもう一品。細造りした烏賊《いか》をほうき草の実と和《あ》えて、中身をくり抜いた柚子を器に見立てて詰めたものだ。仕上げに柚子を軽く絞る。

「ほな、ご飯が熱々のうちに召し上がって頂きまひょ」

膳を運ぼうとする芳に、澪は、私がお持ちします、と両腕を差し伸べた。


つる家二階の東端の部屋は、店主によって「山椒《さんしょう》の間」と名付けられていた。この時刻には障子越しに温かな日差しが差し込む。その柔らかな陽《ひ》だまりの中で、先ほどから、ひとりのお客が、じっと手にした箸の先を見つめている。

白いとろろに薄緑の実。飯はまだ熱く、目の高さに持ち上げると、薄く湯気の立つ

のが見えた。ゆっくりと箸が口もとへ運ばれる。目を閉じ、惜しむように咀嚼してい
る。口の中のものが無くなったらしく、今度は柚子の器に箸が伸びた。
息が詰まりそうで、澪は視線をそっと畳に落とす。鹿角という土地では、無味の実
をどうやって食べるのか。このお客の記憶の中の料理と、澪の作った料理とは、もし
かするとかけ離れているのかも知れない。もしも、このかたの思い出を損なうような
ことになったら……。そこまで考えて初めて、澪は恐いと思った。
美味しい、というのはただ、味のみで決まるわけではない。その料理に宿る思い出
も、美味しいと思う気持ちを大きく左右するのだ。膝に置いた手をぎゅっと拳《こぶし》に握っ
て、澪は不安に耐えた。
老女は押し黙ったまま、ゆっくりと食べ続ける。そうして、膳の上の料理を食べ終
えると、無言で料理人のもとへにじり寄った。顔を伏せ、拳を握りしめている娘の顔
を覗く。老女の頰に涙が筋を引いて流れていた。
それに気付いて、息を飲む澪。その澪の手を、老女の掌が温かく包み込んだ。
「手を開いて、見せてご覧なされ」
老女は言って、娘の両の手の拳を解かせる。
料理人の手は、魚の脂《あぶら》が回るため、冬でもしっとりと柔らかい。けれども、ここ連

日の水晒しの作業で、澪の手は、あかぎれ、ひび割れて無残な状態になっていた。恥じて引っ込めようとする娘の手を、老女はまた己の手で労《いた》わるように包んだ。

「私の実父は、かつて、南部藩の御境奉行に仕えていました」

御境奉行、と小さく繰り返し、戸惑った眼差《まなざ》しを向ける娘に、老女は頷いてみせた。

「鹿角は秋田藩との境にあり、それゆえに色々と難題を抱えて、我が父も随分と苦労したようです。けれど、最も大変なのは、飢饉《ききん》だったのですよ」

幾度も飢饉が襲う土地。そこで生きるひとびとは、本来は食べるものでなかったははきぎの実に工夫を凝らし、食材に変え、凶作にも耐えたのだ。ははきぎは米代《よねしろ》川一帯で育てられるようになり、蕨《わらび》の根などとともに飢饉食として、幾多の命を救った。

老女の父親は、ははきぎの実を「じぶし」と呼び、江戸へ出てからも自作のじぶしを口にする度に、北の空へ向かい、両の手を合わせた、という。

「食とは命を繋《つな》ぐもの。ははきぎの実は、飢えからひとを救う命の糧《かて》でした。よもや、食べ物の溢《あふ》れるこの江戸で、ははきぎの実を食材にしようと思う料理人が居たとは」

澪は、飯粒ひとつ、実ひとつ残さず空になった器に目を向ける。

鹿角のひとがこんな贅沢《ぜいたく》な食べ方をするはずがない。このかたの父上も、こんなに奢《おご》った料理を口にしていたわけがないのだ。食材に対する感謝の念を置き去りにしていたことを、澪は恥じた。

澪は畳に両の手をつき、深く頭を下げた。

「お許しください。余計な手を加えず、そのままお出しすべきでした」

良い、と短く老女は言い、和らいだ声でこう続けた。

「そなたが食べる者の気持ちを大切に思うておるのが、ようわかった。このははきぎ飯を口にした時、倹しい食材をこうも美味しく出来るのか、と胸が一杯になりました。亡き父上にも、せめてひと口なりとも召し上がって頂きたかった」

労わりの言葉に、澪は胸が詰まり、顔を上げることが出来なかった。

「おい、つる家、さっさと暖簾を出しやがれ」

表で怒鳴る声がする。開店が遅いのを、お客が怒っているのだろう。

中座を詫び、慌てて部屋を出ようとする娘を、老女は呼び止める。

「この店に、浪士の風体で時折り現れる三十路《みそじ》の男がいますね？　料理に煩《うるさ》く、粗野で皮肉な物言いをする男が」

「小松原さまのことでしょうか？」

澪が警戒しながら問い返すと、老女は驚いた顔で澪を見、そして、声を立てて笑い出した。

「そんな偽名を……。小松原は私の氏《うじ》、先ほど話した父の家名ですよ。困ったひとだこと、そんな名を騙《かた》って」

開けかけた襖を閉じて、澪は慌てて老女の前へ戻った。老女の言う話が全く理解出来なかった。

「どういうことなのでしょうか。小松原さまとお知り合いなのですか？」

澪が悲愴な顔で尋ねると、老女は笑いを納めて、じっと澪を見つめた。

「あれは私の息子です」

澪の目が零れそうなほど見開かれたのを見て、老女は静かに頷いてみせた。

「詳しくは話さぬが、私が嫁した小野寺家は代々、恐れ多くも公方《くぼう》さまの召し上がるもの一切に、責めを負う立場にあるのです」

御膳奉行。

りうさんの話していた、御膳奉行さまのことに違いない。

小松原さまは、やはり「土圭の間の小野寺」さまで、御膳奉行さまなのだ、と澪は真っ青になった。わなわなと震え出した娘に、小松原の母は憐《あわれ》みの眼差しを向ける。

「さような重責を担う身でありながら、良い歳をして妻帯もせぬとは如何なものか、と周囲からも急《せ》かされておりました。私自身も病を抱える身。何とかこの目の黒いうちに良い嫁を、と身辺を探らせ、どうやら気にかけている娘が居ると知り……。町人であっても見劣りせず釣り合う家の娘なら、とそう思うたのですが」

老女は澪の瞳を覗き込み、嚙んで含めるようにゆっくりと言った。

「日本橋伊勢屋の娘ならまだしも、何の後ろ盾もない、それも女料理人では話にならぬ。そなたの気持ちは知らぬが、私は母として、さような縁組を許すわけにはいかぬのです。どうあっても、許すわけには」

ことの成り行きに思考が止まり、澪は吸った息を吐き出せないまま、ただ呆然と女を見つめた。

「武家の格式とはそうしたもの。なれど……」

老女は再び、澪の荒れた手をその柔らかな掌で優しく包んだ。

「精進を厭わぬ心ばえ、決めたことをやり通す芯の強さ、加えて心根の温かさ。そうそう居る娘ではない。あれのひとを見る目の確かさを、今度《こたび》ほど誇りに思うたことはない」

どうやって部屋を出たのかわからぬうちに階段に座り込んでいた。様子を気にしていたのだろう、おりょうが駆け寄ってその肩を抱き、階下へと連れ戻った。目の端に、小松原の母親が、芳に誘われて店を出るのが映る。

調理場で待機していた種市に、どうした、何があった、と心配顔で問われても、澪には答えようがなかった。足が萎《な》えたようになり、板敷に座り込む。

「澪ちゃん、大丈夫かい？」

おりょうが、それにふきが、不安そうに澪の顔を覗き込んでいる。表で何人ものお客の、いつまで待たせやがる、と苛立つ声が響く。それを宥めているのは芳だろう。

澪は顔を上げて、調理台を見た。そこには下拵えの済んだ鯊《はぜ》と蓮根が載っている。鍋には油が煮えていた。いずれも準備が遅れているのを見かねた種市がしておいてくれたものだ。

——どんな時にも乱れない包丁捌きと味付けで、美味しい料理を提供し続ける。天賦《てんぶ》の才はなくとも、そうした努力を続ける料理人こそが、真の料理人

りうの言葉を思い返し、澪は種市に、申し訳ありませんでした、と心から詫びた。そして、襷を一旦解いてから、もう一度、緩みのないようにきりりと締め直した。

揚げたて熱々の、鯊と蓮根の天麩羅《てんぷら》。牛蒡と油揚げの味噌汁、大根と人参《にんじん》の膾《なます》には柚子が絞り込んである。それに今日は開店が遅れたお詫びに烏賊の刺身が添えられた。

空腹のあまり苛立っていたお客たちも、膳が並ぶと笑顔になり、夢中で食べ終えると、誰もが皆、満足した顔で席を立っていく。

「うむ、そこそこ旨いな、坂村堂」

「そこそこどころか、飛びきり美味しゅうございますよ、清右衛門先生」

昼餉時を過ぎ、漸く静けさを取り戻したつる家の入れ込み座敷で、例によって戯作者と版元とが、幸せそうに遅い昼餉を取っていた。

「何といってもこの天麩羅が素晴らしい。寒さに向かうにつれて、胡麻油の割合を多めにしているのでしょう。そうですよね？」

坂村堂から話しかけられているのに気付かないまま、澪は、ぼんやりとした表情でじっと畳に目を向けている。坂村堂と清右衛門とが顔を見合わせるのを見て、種市が慌てて駆け寄った。

「お澪坊、そろそろ弁天様が包丁の練習に見える頃だぜ。調理場へ行ってな」

娘の背中を軽く叩くと、そう促した。はっと我に返り、中座を詫びて調理場へ向かうその耳に、版元たちの会話が届いた。

「もしかすると、伊勢屋のお嬢さまの大奥ご奉公の話は無くなるかも知れません」

「へ？　そいつぁ、どういうわけなんで？」

　種市の問いかけに、戯作者がふんと鼻を鳴らす。

「町家の娘に公方さまのお手が付けば面倒なことになる。よって、大奥では器量の良い町娘は取らぬものと昔から決まっておるわ」

「そ、そいつぁ確かなんで？　坂村堂の旦那、旦那もそのことを知ってらしたんですかい？」

　種市に問われて、坂村堂が面目なさそうに首を横に振った。

「知っていれば、伊勢屋さんの耳にも入れ、澪さんのお手を煩わせることもなかった。もっと早く教えてくだされば良いのに」

　清右衛門先生も意地が悪い、と版元に言われて、戯作者はせせら笑う。

「大奥奉公を叶えることを口実に、私腹を肥やす輩《やから》は多い。伊勢屋にしても二百両ほど巻き上げられたことだろうよ。わしは自分の懐が痛むのは我慢ならんが、ひとの懐などどうでも良い」

　どん、と大きな音がした。おりょうが、腹立ちまぎれに板敷を踏み鳴らしたのだ。

「仕度金を用意させるだけさせて、その気にさせて、最後の最後に駄目だなんて。それじゃあんまり、伊勢屋さんもお嬢さんもお気の毒だよ」

　言い捨てて、おりょうは調理場へと退いた。

果たしてその日、美緒は姿を見せなかった。つる家の面々は敢《あ》えてそのことに触れることなく、それぞれが夕餉時に向けての準備に取りかかる。

調理場でひとりになった澪は、嫌でも今朝の小松原の母の言葉を思い出していた。

――日本橋伊勢屋の娘ならまだしも、何の後ろ盾もない、それも女料理人では話にならぬ

言葉だけを追えば貶《おとし》める内容に聞こえるが、澪にはそうは思えなかった。

――精進を厭わぬ心ばえ、決めたことをやり通す芯の強さ、加えて心根の温かさ

そう評してくれた声が、掌の温もりとともに蘇る。

身分違いはどうしようもないこと。最初から恋心を封じる、と決めていたはずだった。美緒さんと私とでは立場が違うのに、もしかしたら、と勝手に夢を抱き、勝手に妬んでしまった。そんな自身を心から情けなく思う。

調理台に置かれた蓋物《ふたもの》の中に、ほうき草の実の残りが入っている。蓋を外し、そのつやつやとした緑の実に触れながら、深々と降り積もるような寂しさに、澪は耐えた。

「うう、寒い寒い」

その夜、小松原が震えながらつる家の勝手口から入って来た。

「今夜はやけに冷える。下がり眉、悪いが熱いのを一杯頼む」

「おっ、小松原の旦那じゃありませんか」

澪が口を開くより早く、丁度、調理場へ注文を通しに顔を出した種市が嬉しそうに声を上げた。

「あと半刻もすりゃあ暖簾を終いますから、ここで呑んでてくださいまし。お澪坊、小松原の旦那に逃げられねぇようにしてくんなよ」

言うだけ言うと、出来あがっていた料理を手に、座敷の方へ消えてしまった。

どっかりと板敷に腰をおろし、寒そうに手を擦《す》り合わせている男の脇に、澪は黙って火鉢を置いた。そしてやはり無言のまま、烏賊を捌いて刺身にし、置いてあったほうき草の実と和えて、熱いちろりとともに膳に載せる。

「何だ何だ、さっきから黙ったままだが、どこかに声を忘れて来たのか」

小松原は変わらぬ憎まれ口を叩きながら、澪が注《つ》いだ盃の酒をきゅっと呑み乾《ほ》した。

どれ、と平鉢に伸ばしかけた箸が、ふっと止まる。軽く目を見張り、箸を置いて鉢を両の手で持ち上げた。烏賊とともに和えてある、緑色の粒々したものを注視する。

「もしや、これは」

いや、まさかな、と小さく唸りながら男は料理を眺め、いぶかる視線を澪に投げかけた。

「下がり眉、一体、これは何か」

澪は懐から小さく畳んだ紙を取り出した。それを小松原に手渡す。

「小松原さまがお忘れになった地膚子です。無断で中を見てしまいました」

小松原は包みを黙って受け取り、そのまま懐へ捻《ね》じ込んだ。

「お医者さまからそれが浮腫みを取る薬種と伺い、小松原さまがお悪いのだと……」

澪は言葉を切ると、くっと感情を堪えた。

「私は料理人ですから、口に入るもので小松原さまのお身体を良く出来ないか、と。そう思い、地膚子のもとのほうき草の実をこうして料理してみました」

「そうか、やはりこれは、ほうき草の実か」

小松原は緑の実を纏《まと》った烏賊の細造りを口に入れた。ゆっくりと歯触りを楽しむように噛み締める。うむ、旨い、と自然に声が洩れた。口の中のものが無くなると、男は手酌で酒を盃に満たした。

「俺もたまに浮腫むことはあるが、腎の臓を患っているのは、俺の母親なのだ」

知っています、という言葉を、澪は飲み込んだ。

「ほうき草の実を食材にする話は、俺も母親から聞いたことがある。極寒の中で幾度も水に晒さねばならない、と」

男の視線が、荒れてぼろぼろになった手に注がれた気がして、澪はそっと両の手を後ろに隠す。

小松原は再び箸を取ると、ゆっくりと味わいながら、平鉢の中のものを食べる。

「話に聞いていただけで、口にするのは初めてだが、歯触りが面白いな。母方の祖父はもう亡くなったが、陸奥国の出で、これを好んだと聞く」

それも知っています、という台詞を、澪は黙って飲みくだした。

小松原は自身の母が澪に会いに来たとは、夢にも知らないのだろう。

「へええ、こいつぁ驚いた」

汚れた器を下げて来た種市が、目を丸くしている。

「小松原さまがご自分の身のことを話されるたぁ、あっしは初めて伺いましたぜ」

種市に言われて、小松原は苦い顔をした。自分でもしまった、と思ったようだった。

種市が座敷へ戻るとすぐに、小松原は銭を膳に置いて立ち上がる。

「小松原さま、これをお持ちください」

澪は、蓋物の陶器を真新しい手拭いに載せて差し出した。これは、と眼差しで問う

男に、

「先ほどお出ししたほうき草の実の残りです。お持ち帰りになって、お母上に」

と告げた。

「そいつは妙だ」

小松原は難しい顔で澪を見る。

「料理人が、苦労して作った食材を、ほかの客に出すことなくあっさり手放すなど、あってはならぬ。それは分を弁《わきま》えぬ振る舞いだ」

「料理人だからこそです」

澪は、淡々とした口調で応えた。

「口から摂《と》るものだけがひとの身体を作る——以前、お医者さまからそう伺いました。料理人は、ただ口に入るものを作れば良い、というものではないと思います」

この食材が浮腫みを取るなら、それを必要とするひとに食べてもらう。口から摂るものでお客の健康を守ることが、即《すなわ》ち、つる家の調理場を預かる料理人としての分だと思う、と澪は結んだ。

小松原は黙って、差し出されたものを受け取った。

月の出は遅く、漆黒の天にびっしりと冬の星が瞬いている。錨《いかり》の形の星座がひときわ目を引いた。星影の下、男の手にした提灯《ちょうちん》の火が九段坂を遠ざかるのを澪はじっと見送った。

あのかたは、私にとっては、御膳奉行の小野寺さまなどではなく浪士の小松原さま。これからも、ひとりの娘としてではなく、つる家の料理人として、時折りあのかたがお客としてここに来られるのを待っていられたら、それで充分です。口にする料理であのかたを健やかに保ち、お守り出来るなら、それで……。

脳裡に浮かんだ小松原の母の面影に、詫びるように澪はそっと呟いていた。

翌日の夕刻。つる家がまだ忙しくなる前に、美緒が調理場に顔を出した。

「大奥ご奉公の話、駄目になったわ。もう包丁を習う必要がなくなって、ほっとしてるの」

明るい顔で報告する娘に、おりょうは、やれやれ、と大袈裟《おおげさ》に胸を撫でてみせる。

「あたしらは、お嬢さんをどう慰めようか、と皆でそればっかり悩んでたんですよ」

慰める？　と美緒は首を傾げた。

「美しく生まれついてしまったのだから、仕方ないわ。もし仮にご奉公が叶ったとしても、色々と妬まれて嫌な思いをするだけよ。第一、私に奉公だなんて無理だもの」

種市とおりょうが互いに顔を見合わせた。

「言われてみりゃあ、確かにそうだ」

「ほんとだねぇ、あたしゃ気を回し過ぎた」

ふたりの遣り取りに、皆の笑いが弾《はじ》ける。だが、澪だけは、美緒が心から笑っていないことを知っていた。

「もうここで良いわよ」

俎橋まで送って出た澪を、美緒は立ち止まって振り返る。

そのまま別れれば良いものの、ふたりは橋の中ほどに佇《たたず》んだまま、飯田川の流れに目を落とした。夕映えが水面を黄金色に輝かせている。

「あのお話ね、お武家さまが私のことを聞き合わせていた話。あのまま、相手が誰かわからないうちに消えてしまったわ」

そう、と澪は短く応えた。向こう岸で、伊勢屋の小女がじりじりと焦《じ》れたように待っているのが見えた。

「美緒さん、早く帰った方が良いわ」

促す澪の腕を、美緒がぎゅっと摑んだ。

「源斉先生の……源斉先生のお気持ちはどこにあるのかしら」

美緒の声が震えている。

「私、待つのは平気だわ。じっと待っていれば先生が私の方を向いてくださるというのなら、何年だって待てる。でも……」

言葉途中で、娘はそっと掌で唇を覆った。小刻みに震えるその背中に、澪は優しく手を置いた。

相手の気持ちが見えないまま、じっと待つのは辛かろう。自分のように端《はな》から身分違いとして気持ちを断ち切る方が楽かも知れない。

向こう岸から、ひとびとのざわめきが風に乗って届いた。何かしら、と見ると、駕籠を中央に十二、三人ほどの行列がこちらに向かって来る。

「あっ」

澪と美緒、ふたり揃って声を洩らした。

家紋の入った提灯を掲げた中間《ちゅうげん》が左右にひとりずつ。次いで羽織袴《はおりはかま》姿の初老の侍。前後四人の陸尺に抱えられているのは、鶴松蒔絵《まきえ》の小ぶりの黒漆駕籠。その後ろには、長持ちを肩に担いだ下人《げにん》が続く。

「花嫁御寮だ」

「どちらへ御輿《おこし》入れかねぇ」

俎橋を渡っていたひとびとが譲ったその真ん中を、塗駕籠はゆっくりと渡って行く。駕籠の脇には侍女らしき若い女が寄り添い、中を気遣って声をかけている。

すれ違う瞬間、僅《わず》かに開けられた窓から、綿帽子に白無垢《しろむく》姿の花嫁の姿が垣間見《かいまみ》えた。表情はわからないが、頰のあたりの膨らみにまだ幼さが残っていた。

俎橋を渡りきり、九段坂へ向かう慎ましやかな花嫁行列を、ひとびとが足を止め、温かな眼差しで送っている。

黄昏《たそがれ》の九段坂を行く花嫁御寮の一行を、澪と美緒、同じ名を持つふたりの娘が、肩を寄せ合い、寂しさに耐えながら見送っていた。

友待つ雪——里の白雪

「そ、それは」

坂村堂《さかむらどう》の箸《はし》から里芋がぽとりと落ちた。

つる家《や》の入れ込み座敷。昼餉《ひるげ》時を大分と過ぎて、他にお客の姿はない。ひと気のないその座敷を、弾みのついた里芋がころころと転がっていく。それに気を払う余裕もないのか、坂村堂は、乱暴に膳《ぜん》を押しやり、隣りの清右衛門《せいえもん》に取り縋《すが》った。

「それはまことでございますか、清右衛門先生。まことに、この坂村堂と」

蕪《かぶら》汁を食している戯作者《げさくしゃ》の、その胸ぐらを摑《つか》まんばかりの詰め寄り様である。小鉢を盆に載せて運んで来た澪《みお》は、一体何ごとか、と驚いて立ち竦《すく》んだ。

「平林堂《へいりんどう》さんでも、山青堂《さんせいどう》さんでもなく、この坂村堂と組む……組んでくださる、と」

「くどいぞ、坂村堂」

ばん、と音を立てて器を膳に戻すと、戯作者はこの上なく不快そうに版元の腕を振り払った。

「新しい戯作をお前のところで出す。これ以上同じことを言わせるなら、この話は止めだ」

清右衛門のこの言葉を聞くなり、坂村堂は顔をくしゃつかせて畳に両の手をついた。

「清右衛門先生、この通り……この通りです」

畳に額を擦《す》りつけながら、坂村堂は僅《わず》かに背中を震わせる。

「不肖《ふしょう》坂村堂嘉久《かきゅう》、先生の戯作を頂戴出来るとは……まことにもって感無量でございます」

遠巻きにふたりの様子を見守っていたつる家の面々が、揃《そろ》って頬《ほお》を緩ませた。

これまで散々、清右衛門に集《たか》られ放題だった坂村堂だが、いよいよ一緒に仕事をすることとなるのだろう。坂村堂の姿に、おりょうなど目を潤ませて、良かった、本当に良かった、と幾度も頷《うなず》いた。それが耳に届いたらしく、清右衛門が恐い顔で一同を睨《にら》みつけた。その視線が澪の手にした盆で止まる。

「この店は一体何だ。漬け物ひとつ出すのに、どれほど待たせるのか」

怒声で我に返り、澪は慌てて戯作者の傍《そば》に両膝《ひざ》をついた。沢庵《たくあん》漬けが清右衛門の気に入らず、別の漬け物を、と注文を受けていたのだ。

「済みません、お待たせしました。蕪《かぶ》の柚子《ゆず》漬けです」

蕪の柚子漬け、と聞いて坂村堂、さっと身を起こした。先ほどの殊勝な姿から一転、戯作者の膳に置かれた蛸唐草《たこからくさ》の染付小鉢を、遠慮なくじっと覗《のぞ》き見た。

「おお、これはまた何とも」

ひと口大に切られた純白の蕪。繊細に刻まれた黄の柚子皮。お互いに相手の色を生かしながら器の中で絡み合っている。顔を近づければ、酢のつんとした中に柚子の優しい香りが混じり、思わず深く鼻から息を吸い込んでしまうのだ。匂《にお》いだけで坂村堂の丸い目がきゅーっと細くなるのを見て、清右衛門は素早く小鉢を手に取り、版元から遠ざけた。

「坂村堂さんの分もお持ちしましょうか」

笑いを噛《か》み殺して澪がそう提案すると、坂村堂は恥ずかしそうに頭を掻《か》いた。調理場へ引き返そうとする澪の鼻先に、清右衛門が空になった汁椀《しるわん》をぬっと突き付けた。

「坂村堂さん、よろしゅうございましたねぇ」

皆と一緒に坂村堂を表まで送って出て、種市《たねいち》はしみじみと言う。

「これまで散々集られなすったが、その甲斐《かい》もあった、ってもんでございますねぇ」

「あの皮肉屋で口の悪い戯作者先生にも、ひとの気持に報いるって心が残っていたとはねぇ。あたしゃ、感激だよ」

清右衛門がひと足先に帰ったのを良いことに、おりょうまでが言いたい放題だ。坂村堂は弱ったように笑っていたが、澪を見ると真顔になった。

「今日のことは、全《すべ》て、つる家さんの料理のお陰でしょう。澪さん、この通りです」

深々と頭を下げる版元に、澪はうろたえた。

「私は何も」

「おわかりになりませんか。あの蕪汁ですよ」

坂村堂の言葉に、一同揃って首を捻《ひね》り、蕪汁、と呟《つぶや》く。

皆のその様子に坂村堂は笑い出して、こう続けた。

「清右衛門先生はご自分ではお認めになりませんが、大変な蕪好きなんです。何せ、ご自宅の庭でも育てておられるくらいですからね。蕪汁は一見、何でもない料理ですが、実に奥が深い。澪さんの蕪汁はあの清右衛門先生のお口にも、ぴたりとあったのでしょう」

私との仕事をつい、受けてしまう気持ちになるほどに、と坂村堂は締め括《くく》った。

「ひとは見かけによらないもんだねぇ」

版元の後ろ姿を見送りながら、おりょうがつくづくと洩《も》らす。

「あの口煩《くちうるさ》い皮肉屋の好物が、蕪……。野菜の中でも大概地味だけどねぇ。どんな顔して育ててんだか」

しかめっ面《つら》の清右衛門が蕪に水を遣《や》る姿を想像したのだろう、芳《よし》も種市も、それにふきまでもが苦しそうに笑った。

その夜も、同じく蕪汁を沢山用意して、つる家を訪れたお客をもてなした。

大ぶりの汁椀から、ほかほかと柔らかな湯気が立ち上っている。澄んだ吸い地に、具は厚揚げと蕪。青みとして湯通しした蕪の葉が粗く刻んで添えてある。薬味は常の七色唐辛子ではなく、砕いた黒い粒胡椒《つぶごしょう》だ。

「蕪汁なんざ、ありふれた料理なのによぅ」

箸を持つ手で洟《はな》を啜《すす》りながら、お客が溜《た》め息混じりに呟く。

「どうしてここまで旨《うめ》ぇのか」

全くだ、と見知らぬ同士が一斉に頷いた。陽《ひ》が落ちてから冷え込みは一層強く、室内でさえ吐く息が白くなる。そんな中で熱々の汁ものは、お客の身も心もほっとさせた。澪は調理場の間仕切り越しにその様子をそっと覗き見る。知らず知らずのうちに口もとが綻《ほころ》んでいた。

茶碗蒸《ちゃわんむ》しや菊花雪《きっかゆき》など、いかにも華やかな料理が評価されるのは当然嬉《うれ》しい。けれども、こうした一見地味に思われるものでお客の胃袋を摑めるのは、さらに嬉しかった。見えないところに手を抜かず、丁寧に工夫していれば、食べるひとにもきっと通じる。

小松原《こまつばら》さまにもこれを、と思いかけて、首を横に振った。気持ちを断ち切ったはずなのだ、今はただ料理のことだけを考えよう——そう呟いて、澪は静かに鍋《なべ》の蕪汁をかき混ぜた。

来年の暦が売られるようになり、三座の顔見世《かおみせ》興行が始まった。

年の瀬までふた月を切った、という忙《せわ》しなさがそうさせるのか、つる家のお客もあまり長居をしなくなった。そんな中、さきほどから、入れ込み座敷の方で、清右衛門と坂村堂との密談が続いている。種市とおりょうは妨げにならないように、と調理場へ引き上げていた。

「あたしゃ本ってのを読まないんで知らないんだけど、あの清右衛門先生ってのは、そんなに凄《すご》いひとなのかねぇ」

栗《くり》の鬼皮を剝《む》くのを手伝いながら、おりょうが独り言を洩らすと、種市が、どうだかな、と応《こた》えた。

「戯作だけで食えねぇから、差配やったり、薬売ったり、庭で蕪を育てたりしてんだろう。どのみち大したことはないんじゃねぇか？」

「でも、りうさんが」

ぬか床をかき混ぜながら澪がそう言いかけた時、芳が座敷から調理場へ顔を出した。

「旦那《だんな》さん、坂村堂さんが無理にもお酒をお願い出来ないか、て言わはるんだすが」

途端に、種市は相好を崩す。

「戯作の相談が上手《うま》くまとまったんだな。ほかでもない坂村堂さんのためだ、構わねぇから差し上げてくんな」

「ほな、ほかのお客さんの目ぇに届かんよう、おふたりにはお二階へ上がって頂きまひょ」

ほっとした顔で芳は言い、颯《さっ》と出ていった。

種市から何か肴《さかな》も、と頼まれて、澪は外に干していた秋刀魚《さんま》の開きを取り込む。刷毛《はけ》で酒をさっとひと塗りしてから七輪で焙《あぶ》ると、干した身も、ふっくらと焼き上がる。この秋刀魚とちろりの酒を揃《そろ》えると、澪は自身の手で二階へ運んだ。

「無理なお願いをしてしまって」

澪に盃《さかずき》に酒を注《つ》いでもらいながら、坂村堂が恐縮している。清右衛門は早速と焙っ

た干し秋刀魚を毟《むし》りながら、

「わしらがどれほどこの店を儲《もう》けさせてやっておるか考えれば、当然のことだ」

と、憎まれ口を叩《たた》く。珍しくその声が晴れ晴れと明るい。商談が無事に整ったのだ、と思うと他人事《ひとごと》ながら澪までほっとする。

「坂村堂、ではそれで良いのだな」

「はい、清右衛門先生」

盃を汲《く》み交わすふたりの邪魔にならぬよう、澪はそっと襖《ふすま》を開けて廊下へ出た。

「吉原《よしわら》を探るのだ、金がかかるぞ」

「承知の上です。清右衛門先生に面白い戯作を書いて頂くためなら、吉原通いだろうが何だろうが、どんな支援も惜しみません」

吉原、という言葉が襖を閉めようとした澪の動きを一瞬止める。そんな料理人の様子に気付かず、坂村堂はちろりの酒を清右衛門の盃になみなみと注ぎながら、こう続けた。

「さすが清右衛門先生、目の付けどころが違います。吉原廓《くるわ》伝説の花魁《おいらん》、あさひ太《た》夫《ゆう》を題材に選ばれるとは。果たしてあさひ太夫なる花魁は翁屋《おきなや》の創《つく》り上げた幻か否か、先生の筆で明らかになるのだと思うと、今からわくわくします」

すっと頭から血の気が引くのが、澪にはわかった。目の前が暗くなり、慌てて襖を摑む。がたん、と大きな音がして、襖が外れかけた。戯作者と版元が驚いた顔でこちらを見る。あい済みません、と詫《わ》びるのが精一杯だった。


「えらい冷える思たら」

朝一番、部屋の板戸を開けるなり、芳が澪を呼んだ。布団を畳む手を止めて、澪は芳の傍らへ急ぐ。

「まあ」

一面の雪景色だった。夜半の間に降り続けたのだろう、裏店《うらだな》のうらぶれた屋根や井戸端、路地、それに物干し竿《ざお》までが雪の化粧を施されて、眩《まばゆ》いまでの明るさだ。

「ご寮さん、澪ちゃん、お早《はよ》うさん」

積もっちまったねぇ、と向かいからおりょうの声がかかる。

「おや、澪ちゃん。目が赤いよ。昨日は夜なべでもしたのかい。あ、こら、太一《たいち》」

おりょうの視線の先を見れば、太一が雪の上を嬉しそうにごろごろ転げ回っている。

裏店の子供たちも表に出るなり歓声を上げた。

何とか太一を捉《つか》まえて、髪や体についた雪を払いながら、おりょうはぶつぶつ文句を言っている。

「雪見なんて洒落《しゃれ》たもんがあるけど、裏店じゃあ雪で嬉しいのは子供だけさ。足もとは悪いし、洗濯物は乾かないし」

それを聞いて、芳はさり気なく、

「女の足にも雪は厄介や。朝餉の仕度は私に任せて、澪、お前《ま》はん、先にお稲荷《いなり》さんへ参って来たらどうや」

と勧めた。澪が昨夜眠れぬ夜を過ごしたことを知りながら何も問わない芳に感謝しつつ、言いつけに従うことにした。

明神下《みょうじんした》から北へ向かう雪道には、朝早いにもかかわらず、幾つもの下駄の跡が続いている。見慣れた武家屋敷も粗末な辻番小屋《つじばんごや》も雪の衣を纏《まと》い、静寂で清楚《せいそ》な佇《たたず》まいを見せていた。

化け物稲荷の境内の、まだ誰も歩いていない新雪を踏むと、下駄の下できゅっきゅと切ない音を立てた。祠《ほこら》の雪を払い、ついで神狐《しんこ》の綿帽子も落としてから、祠の前に蹲《うずくま》る。だが、祈りの言葉が見つからなかった。

清右衛門があさひ太夫を題材に戯作を書く、というのがどういうことなのか。読本《よみほん》を読まない澪には今ひとつわからない。野江《のえ》の身に災いが降りかからないのか、そればかりが大いに気がかりだった。だが、その一方で、もしや野江の今の様子がわかるのではないか、という淡い思いもある。

野江が今、吉原の翁屋でどんな立場にあるのか。又次《またじ》は決して教えてはくれないし、澪がそれを知ることは難しい。けれども清右衛門なら……。戯作者として物事を探る能力に長《た》けていることは、澪と登龍楼《とりゅうろう》との経緯《いきさつ》を調べ上げた手腕からしてわかる。何故、淡路屋《あわじや》のこいさんだった野江が吉原に身を置くことになったのか。何故、実体のない、幻の花魁にされてしまったのか。

だが、知ったからといって、一介の料理人にすぎぬこの身。野江のために何が出来るというのか。また、苦界《くがい》の外に身を置く者がそれを知りたがること自体、何処《どこ》か不遜《ふそん》な気がしてならない。

――野江ちゃんのことを、どうか御守りください。

辛うじて祈りの言葉を見つけると、澪は一心に祠に手を合わせるのだった。

「それじゃあ清右衛門先生は、戯作の種を仕込みに吉原へ？」

店主の種市が、珍しくひとりで昼餉を食べに来た坂村堂を相手に話し込んでいる。間仕切り越し、調理場の澪は息を詰めて、ふたりの会話に聞き耳を立てた。

「ええ。戯作者という正体は伏せて、まずは昼見世から馴《な》らし、昨日から夜見世でも遊んで頂いています」

「そ、そいつぁ何とも羨《うらや》ましい」

心底羨ましそうな声を上げる種市である。

「花魁と枕《まくら》を交わして朝帰りなんざ、男の夢でさぁね」

「あ、それはないです。ああ見えて清右衛門先生は大の恐妻家ですからね、絶対にお泊まりにはなりません。必ず帰すよう、私からも翁屋さんにお願いしていますし」

翁屋？　と種市は目を剝いた。翁屋と言えば、又次が料理番をしている廓なのだ。

危ねぇ危ねぇ、と調理場へ戻るなり、種市は澪に洩らした。

「お澪坊、又さんと坂村堂さんたちを絶対に鉢合わせにしちゃなんねぇぜ。戯作者先生が翁屋の花魁のことを探ってると知れちゃあ、又さんから半殺しの目に遭っちまうよう」

そうだすなあ、と芳も深く頷いた。以前、富三《とみぞう》を乱打した又次の姿を思い返しているのだろう。

「又次さんは一途《いちず》なおひとだすよって、自分のためというよりも、誰かを守ろうとして、無茶しはりそうで心配なんだす」

こちらも充分気ぃつけますよって、と芳は幾分固い表情で言った。次の三方よしの日までまだ八日ほどあるのだが、つる家の面々は先を思うと気が重くなるのだった。

大根は皮を剥かずに鬼卸しで丸ごと卸す。小ぶりの土鍋にごく浅く昆布出汁《だし》を張り、一寸半（約四・五センチ）角ほどの大きさに切り揃えた豆腐を入れる。先の大根卸しを汁ごと加え、そこに塩をひとつまみ。そのままくつくつと火にかける。薬味は葱《ねぎ》を細かく刻んだものと、摺《す》り卸した生姜《しょうが》の二種。醬油《しょうゆ》を煮切り酒で割ったものを片口鉢に用意した。

「こいつぁ、ありがてぇ」

鍋の蓋《ふた》を取ると、お客たちは揃って歓声を上げる。雪の夜道を歩いて凍てた身には、湯気のある小鍋立《こなべだ》ては何よりのご馳走《ちそう》だった。店主はあたかも自身の手柄のごとく、胸を張っている。

「卸した大根が雪に見えるだろ？　それで雪見鍋、てぇのさ。同じ雪見でも、こっちは食える雪見さね。蓮華《れんげ》で大根卸しごと掬《すく》って、食ってくんな」

そんな店主とお客の遣り取りを耳にしながら、澪は調理場で考え込んでいた。

冬場は湯気がご馳走――それは、天満一兆庵《てんまいっちょうあん》の店主、嘉兵衛《かへえ》の口癖だった。今日の雪見鍋は酒の肴ではなく、汁代わりに温まってもらう料理だったため、具も豆腐のみ。美味《おい》しいのは美味しいのだが、これをもっと工夫できないものだろうか。卸した大根を使って、主だったお菜を作れたら。青菜を足しても良いが、それではあまりに工夫がない。思案にくれても、これという考えは思い浮かばなかった。

そうして数日が過ぎたある日、常の席に、清右衛門と坂村堂の姿があった。

「喜《き》の字屋《じや》の不味《まず》い仕出しばかりが続いたので、ここの料理に少しは期待して来てみれば」

澪が顔を出すや否や、戯作者は、ふんと鼻を鳴らした。

「雪見鍋とはまた芸のない。汁代わりだから食えるようなものの、全くもって工夫が足りぬわ」

申し訳ありません、と澪は両の眉《まゆ》を下げて詫びる。心の中を清右衛門に見抜かれたようで、料理人として情けなかった。

「つる家さん、暫《しばら》くの間、昼餉を頂いたあと、清右衛門先生との打ち合わせにここを使わせて頂きたいのですが。清右衛門先生のご自宅でもうちの店でも、何かと、ひとの目と耳とがありますので」

懐紙に包んだ志を種市に差し出して、坂村堂が切り出した。

へぇ、そりゃ喜んで、と種市は浮き浮きと頷いてみせる。

「どうぞ二階を使ってくださいまし」

「それはありがたい。では明日からそうさせて頂きます」

版元が言う脇から、面倒だ、と戯作者が苛立った声を上げる。

「わしはこの席が落ち着くのだ。ここでないと話はせぬぞ」

「ですが先生、戯作の内容に関《かか》わることでもありますし、もしほかへ洩れでもしたら」

版元の不安を、それなら心配要らぬわ、と遮って、戯作者は横柄に続けた。

「この店の主《あるじ》も奉公人も、礼儀知らずで頭が悪い。その上に粗忽《そこつ》者揃いだ。だが、妙に義理堅いところがある。常客のお前が困るような真似《まね》はせん。そうだな、店主」

ふいに話を振られて、種市は弱ったように、白髪《しらが》頭をがりがりと掻《か》いた。

「褒められてんだか、けなされてんだか……」

だが、すぐに種市は坂村堂へ向き直り、姿勢を正した。

「坂村堂さん、うちには坂村堂さんのお役に立ちたい、と願いこそすれ、不利に働くような真似をする者はひとりだって居ませんぜ」

ただ、別のお客が来た時には、どうぞ二階をお使いくださいまし、と主は言葉を結んだ。それで漸《ようや》く決心がついたのだろう、坂村堂は丁寧に、店主に頭を下げた。

翌日から、昼餉時を過ぎたつる家の入れ込み座敷が、戯作者と版元の打ち合わせ場所となった。

「では、あさひ太夫はやはり実在する遊女だったのですね」

「うむ。翁屋はその存在を必死になって打ち消してはいるが、隠しきれるものではない。ひとの口に戸は建てられんものよ」

その美貌《びぼう》と聡明さとで禿《かむろ》の頃から名立たる粋人《すいじん》を虜《とりこ》にしたのだ、と戯作者は語った。

ひと気のない入れ込み座敷に、清右衛門の声はよく通る。澪は調理場で息を詰めながら聞き入った。翌日も、そして次の日も、半刻《はんとき》（約一時間）ほどながらふたりの会合は続き、会話の内容から清右衛門が少しずつ、あさひ太夫の実体に迫りつつあることがわかった。

太夫はひと目を厭《いと》い、部屋から出ないこと。二階奥の部屋に暮らし、そこに贔屓《ひいき》の客が通されていること。上方《かみがた》生まれらしいこと。

「上方の……。だとすれば、新町《しんまち》廓か島原《しまばら》廓を経て、吉原へ売られたのでしょうか」

身を乗り出して尋ねる版元に、戯作者は、ふん、と大きく鼻を鳴らす。

「経緯はこれから調べるところだ。幸い、あさひ太夫を幼い頃に翁屋へ売り飛ばした女衒《ぜげん》を突き止めたからな」

牛蒡《ごぼう》をささがきに削っていた包丁が横に滑る。澪は包丁を一旦《いったん》、俎板《まないた》の脇に置いて、鼻から静かに息を吐いた。間仕切りの向こうから、清右衛門の得々とした話し声が続いている。板敷で遅い賄《まかな》いを取っていたおりょうが、同じくもぐもぐと口を動かしている店主に訴えた。

「聞いちゃいけない、聞いちゃいけない、と思うんですがねぇ。どうしても耳に入っちまって」

「俺だってそうだよぅ。お客の話を店主が盗み聞きするなんてなぁ、洒落にもならねぇや。けれど、どうにも気になって気になって」

と、種市は口に放《ほう》り込んだ沢庵を、わざとばりばりと音高く噛んだ。

やっぱり、と呟いて、おりょうは箸を置く。

「読本なんて読んだこともないのに、あさひ太夫ってひとのことが知りたくて堪《たま》らない。あたしでもそう思うくらいだもの、清右衛門先生の本、きっと売れるでしょうよ」

霜月《しもつき》二度目の三方よしの日は、雪のない代わりに一段と冷え込みの厳しい朝となった。手に息を吹きかけながら、重い足取りでつる家へ向かう。俎橋《まないたばし》を渡る途中で、澪はふいに足を止めた。土手の柿《かき》の木の下に、又次とふきとが佇んでいるのが見えた。葉をすっかり落とした柿の木の、高い枝先に生《な》っている実を指さして談笑している。

あんなに又次さんのことを怖がっていたのに。澪はふきの楽しそうな笑顔に、ほっと吐息をついた。重苦しかった気持ちがすっと晴れたようで、弾みをつけて俎橋を渡った。

「雪見鍋ってなぁ良いと思うぜ、江戸っ子は白いもの、中でも白米に豆腐に大根の『三白』が無類の好物だから、大根に豆腐とくりゃあ大喜びだろうよ」

つる家の調理場。

澪から献立の相談を受けた又次が、そう応えて、暫《しば》し思案顔になる。

「ただ、酒の肴となると、豆腐だけ、ってなぁ如何《いか》にも寂しい。牡蠣《かき》や青菜を足してみるか」

江戸っ子は白いものが、と口の中で呟いていた澪が、ぱんと手を打った。

「それなら、いっそ、白身魚に葱、それにしめじの白い軸も割《さ》いて加えて、白尽くしにしましょうよ。白身の魚、今なら鱈《たら》が良いわ。卸した大根を具の上にかぶせるように置いて、探りながら楽しむ、というのはどうかしら」

「なるほど、そいつぁ趣向だ。鱒を使うなら、薬味は生姜より柚子が良い。醤油を酒で割ったところへ、柚子をたっぷり絞り込むってぇのはどうだ」

又次の考えに、澪は柔かな笑みを零す。

料理人同士でこうして献立を練る、というのがこれほどまでにわくわくするものだとは知らなかった。改めて、快く又次を寄越してくれた翁屋店主、伝右衛門《でんえもん》に感謝の念を抱く。だが、その禿頭《とくとう》を思い出すと、続きで清右衛門の件が脳裡《のうり》に浮かび、湧《わ》き立つような喜びは一瞬で消えてしまうのだった。

「おいでなさいませ。今日は混みますので」

昼餉時を過ぎて現れた戯作者と版元を、芳が上手に二階へ上げたのを見て、種市とおりょう、それに澪は互いに安堵《あんど》の眼差《まなざ》しを送りあった。

何ごともなくふたりが帰り、つる家は酒を出す刻限を迎える。日が暮れて一層寒さが身に応える中で、白尽くしの雪見鍋の趣向は、大いにお客を喜ばせた。

悪い腰を庇《かば》いながら七輪を運んで、

「『男伊達《だて》より小鍋立て』、『熱いがご馳走』ってね。昔のひとぁ良いこと言うねぇ」

と、店主の種市は上機嫌で声を張る。

「手前だって充分に『昔のひと』なんだがな」

大根を卸しながら、又次がそう呟いて、独りで笑った。

お客の注文が一段落すると、澪は、野江の弁当箱に詰める料理を作る。お釜《かま》に残っていた銀杏《ぎんなん》ご飯を俵に握り、玉子は浅草海苔《あさくさのり》を巻き込んで焼く。牡蠣は時雨《しぐれ》煮。青菜のお浸しを小鉢に入れて添えた。

「三方よしの日を、太夫はそれこそ指折り数えて待っていなさるんだぜ。前日には、朝から上機嫌さね」

澪の手もとにじっと目をやって、又次がしんみりと語る。

「俺からあんたの様子を聞きながら、あんたの作った弁当を食う。それが今の太夫にとっちゃ、何よりの楽しみで、救いでもあるのさ」

「救い？」

問いかける眼差しを向ける澪に、又次はただ黙って頷いた。

仕上がった弁当箱を受け取ると、又次はそれを風呂敷《ふろしき》に包む。結び目をきゅっと締めながら、小さく溜め息をついた。

「俺にしたって、こんなに穏やかな心持ちで刻を過ごせる、ってのが不思議で仕様がねぇ。ここで料理をしていると、何とも楽しくて勝手に笑えてきやがる」

やきが回ったもんだぜ、と男はほろりと笑ってみせた。

その笑顔を見て、何としても清右衛門の一件をこのひとの耳に入れないようにしなければ、と澪は改めて強く思った。


霜月十六日。

路考茶《ろこうちゃ》の縮緬《ちりめん》に同色の綿入れ羽織、薄茶の綴《つづ》れ帯、白足袋《たび》に雪駄姿の清右衛門がつる家に現れた。同行の坂村堂も、すっきりと身体《からだ》に添った黒八丈《くろはちじょう》の羽織姿だ。

「こいつぁ、おふたりとも大した男振りだ」

種市が軽く目を見張って、ふたりを迎え入れる。坂村堂が照れながら、応えた。

「このあと、私も吉原へご一緒します。ですから、この形《なり》なんですよ」

「坂村堂は存外吝嗇《けち》なのだ。明日、明後日《あさって》は紋日《もんび》で、ふたりで登楼すれば高くつくからと言って、今夕になった」

ふん、と鼻を鳴らして戯作者は、いつもの席にどすんと腰を据えた。坂村堂が芳を捉《つか》まえて、

「あとからもうひとり、私の名前を言って訪ねて来る者が居ますので、こちらへ通してください。料理も、私たちと同じものをお願いします」

と頼んだ。

その日は茶碗蒸しに白飯、青菜の切り漬けを用意していた。澪は先に坂村堂たちの分を仕上げて、芳と手分けして座敷へと運んだ。

「おお、これこれ」

坂村堂が如何にも幸せそうに、茶碗蒸しから立ち上る湯気を鼻から吸い込んでいる。ではごゆっくり、と澪が立ち上がりかけた時。

おいでなさいませ、というふきの声に迎えられて、ひとりの男が暖簾《のれん》を捲《まく》って入って来た。年の頃、四十前。酒焼けした顔に、濁った三白眼。高麗格子《こうらいごうし》の縮緬に黒繻子《くろじゅす》の帯を女のように平十郎《へいじゅうろう》結びにし、綿頭巾《わたずきん》を襟に巻いている。

「坂村堂ってのは居るかい？」

迎えに出た芳に尋ねながら、鬢《びん》を撫《な》でつける仕草をした。袖口《そでぐち》から紅絹《もみ》の裏が覗《のぞ》く。

もしや、これが前に清右衛門の話していた女衒ではないのか。

もしや、この男が吉原に野江を。

澪は、眉尻が上がっていることに自分でも気付かないまま、下唇をぐっと噛んで立ち上がった。

「卯吉《うきち》さん、お待ちしていましたよ」

坂村堂が晴れやかな声を上げて、軽く右手を振ってみせた。

調理場へ戻って、卯吉と呼ばれていた男の分の料理に取りかかる。茶碗蒸しの蒸し上がる間に、青菜の切り漬けを用意する。塩漬けした青菜の水気をぎゅっと絞るのだが、先ほどから何かが妙に胸に引っかかっていた。自分でも一体それが何なのか、澪にはわからない。

座敷の方から、あさひ太夫を江戸へ連れて来たのはお前か、と問う清右衛門の声と、そうだ、と答える卯吉の声が届く。

「ああもう、この耳が悪い、この耳が」

板敷で鋏《はさみ》を研いでいたおりょうが、突然、自分の耳を引っ張った。

「ついつい聞いてしまう、この耳が悪い」

「おりょうさん、静かにしてくれよう。今、良いとこなんだぜ」

同じく目打ちを研いでいた種市が、掌《てのひら》を耳の後ろに当てて、一心に奥の会話を聞きとろうとした。

「旦那たちぁ、毎日こんな旨《うめ》ぇもんを食っていなさるんで？」

澪が膳を用意して座敷に運ぶと、卯吉はちゃっかり坂村堂の分を貰《もら》って食べていた。添えてある匙《さじ》は使わず、箸で茶碗蒸しの器の底を掻き回すため、せっかくの生地がぐずぐずに崩れた。

「いつ、何処であさひ太夫と出会ったのだ」

清右衛門の問いかけに、卯吉はつまらなそうに答える。

「京でさぁ。父親がどうしようもない博打《ばくち》うちでね。借財の形にされたって寸法で」

「ありふれた話だな。ありふれ過ぎておるわ」

吐き捨てる戯作者を、まあまあ、と制して、坂村堂が男に向き直った。

「あさひ太夫の名前の由来は、旭日昇天《きよくじつしようてん》という易にある、というのは本当ですか？」

「この店には酒はないのかねぇ」

真面目《まじめ》に答えるつもりはないのか、卯吉は切り漬けを指で摘まむと上を向いて口の中に落とした。澪は汚れた器を取り、ごゆっくり、と小さな声で言うと立ち上がる。

「おい、良いから酒を出しな」

調理場へ向かう澪を追いかけて、卯吉が背後から澪を抱きすくめた。

「止めてください」

男の腕を振り払おうとしたが、動きを封じられて叶《かな》わない。坂村堂と清右衛門が慌てて腰を浮かせ、気配を察した種市が血相を変えて飛び出して来た。手には目打ちが握られている。

「何しやがる、お澪坊を放しやがれ」

目打ちに目を止めると、卯吉は澪を突き放して、へらへらと笑いながら席へ戻った。

「ここはそうした店ではありませんよ」

温和な坂村堂が、怒りを押し殺した声で窘《たしな》めている。清右衛門が袂《たもと》から小判を出して、ぽんと卯吉の前に放り投げた。

「あとで好きなだけ遊ぶことだ。今はわしの問いに答えてもらおうか」

お澪坊、大丈夫か、と心配そうに顔を覗いている店主に、大丈夫です、と答えて、澪は畳から土間へ下りた。背後から抱きすくめられたことをきっかけに、何か……先ほどから自分の中に蟠《わだかま》っている何かの正体がわかりそうだった。

「旭日昇天とは誰の出した易だ？」

「水原東西《みずはらとうざい》ってぇ上方じゃあ名の知れた易者でさぁ」

卯吉が畳の小判を拾い上げて懐へねじ込みながら答える。水原東西、という名を聞いて、澪ははっと息を飲んだ。

「あっしは京の島原廓で、水原東西がまだ餓鬼だったあさひ太夫を捉まえて、その易を出すところを、確かにこの目で見たんでさぁ。旭日昇天だ、天下取りの相だ、と廓中が大騒ぎで」

違う。

島原ではない。

水原東西が野江に出会い、易を出したのは、大坂の新町廓なのだ。澪はあの日、易者を虜にした野江の装いまではっきりと思い出せる。桔梗花《ききょう》をあしらった鴇《とき》色の絽《ろ》友《ゆう》禅《ぜん》が、色白の野江によく映っていた。

脳裡にあの夏の日の情景が蘇《よみがえ》る。

引舟《ひきふね》の背後に隠れていた野江を引き摺り出し、その顔を食い入るように見ていた東西。野江ちゃんに何する気ぃや、と東西の腕にむしゃぶりついた澪。

――良いから、お前は引っ込んでな
耳に男の声が届いて、澪は思わず、あっ、と声を洩らした。

そうだ、あの時、易者の水原東西についていた男。若い、目つきの悪い男に背後から腕を回され、動きを封じられたのだ。あの時の男の名……。遣り手や幇間《ほうかん》が、確か名前を呼んでいたはず……。

易者にまとわりついていた遣り手の声が、ふっと蘇る。

――卯吉さんも何とか言うておくれやすな
卯吉。そう、卯吉だ。

記憶の中の精悍《せいかん》な二十代の男が、十二年の時を経て目の前に現れたのか。あの時の男が、野江を吉原に売り飛ばしたのか。

澪は、叫びそうになるのを両の掌で口を覆うことで辛うじて堪えた。

「澪ちゃん、大丈夫かい」

土間に蹲った澪の肩をおりょうが抱いて、調理場へと連れ帰ってくれた。

あの野郎、と再び目打ちを握りしめて座敷へ向かおうとする種市を、おりょうが、旦那さん、よしてくださいよ、と必死で止める。

「旦那さん、澪なら大丈夫だす」

膳を引いて調理場へ戻った芳が、種市の手から目打ちを優しく引き抜いた。

「あないなことでめげる娘やおまへん。これは、魚の目ぇ打つ時だけ使ておくれやす」

そんな調理場の騒ぎなど無関係に、座敷では鋭く問う清右衛門と、のらりくらり答える卯吉の遣り取りが続いていた。

半刻ほど過ぎて、卯吉が立ち上がり、ふきに送られて店を出た。座敷の奥の席で、清右衛門が憮然《ぶぜん》と、そして坂村堂が疲れた顔で、黙り込んだまま動かない。

「澪、お前はん、お茶をお持ちしぃ」

芳が盆に湯飲みをふたつ載せて、さり気なく、澪に差し出した。

「ああ、ありがとう」

膳の上にお茶が置かれたのに気付いて、坂村堂が顔を上げ、澪に礼を言った。それを機に、坂村堂は清右衛門に向き直る。

「清右衛門先生、卯吉の話はどこまで本当なのでしょうか」

ふん、と戯作者は鼻を鳴らす。

「廓でまことを求めるなど野暮。女衒が真実を話すこともなかろう。親の借財の形とか言っていたが、大方、さらったか、あるいは身寄りの無くなったのを騙《だま》して連れ帰ったか」

澪の置いた湯飲みに手を伸ばし、ずずっとお茶を啜ると、清右衛門はこう続けた。

「おそらくはそのどちらかだろう。十二年前、京坂では大きな水害があったからな」

盆を持つ澪の手ががたがたと震え出した。悟られぬように、ぎゅっと胸の中に盆を抱えて、ふたりの前から退いた。

ああ、そうでしたねぇ、と、背後で版元の呟く声がする。

「清右衛門先生は、丁度その頃、京坂を旅しておられた。物乞《ものご》いする孤児を沢山ご覧になった、と書き綴っておられましたよね」

ああ、あれはこの世の地獄だった、と戯作者は淡々と応えた。

強い風が裏店の薄い板戸を激しく叩いている。澪は板敷に腰をかけ、膝《ひざ》に肘《ひじ》を置いて、風の中に犬の遠吠《とおぼ》えが混じるのをぼんやりと聞いていた。月明かりが節穴から土間へ斜めに差し込んでいる。足もとから這《は》い上がって来る凍てにも構わず、澪はずっとそうして身動《みじろ》ぎひとつせずにいた。

「寝られへんのやなあ」

芳の声がして、部屋の奥で夜着を剝《は》ぐ気配がした。

「ご寮《りょん》さん」

「こないに冷えて。風邪《かぜ》を引きますで」

頬を撫でられ、ふわりと肩に綿入れをかけられる。澪が身体を少し脇へずらすと、芳はそこへ腰を下ろした。

「清右衛門先生のお陰で、お前はんの幼馴染《おさななじ》みのことが少しずつ知れて来た。けど、それはそれで、また辛いことやな」

へえ、と上方訛《なま》りで小さく応えて、澪は唇を引き結ぶ。

御助け小屋に居た、野江によく似た少女を、親戚《しんせき》を名乗る者が引き取った——と、風の噂《うわさ》で聞いたことがあった。水原東西の易を知っていた卯吉が、親戚と偽って野江を御助け小屋から連れ出したのだろうか。だが、野江が黙って従ったとも思えない。

わからないことだらけだった。

「あれから十二年になるんやなぁ」

長い沈黙のあと、芳がぽつりと呟いた。

「あの水害は仰山《ぎょうさん》の人間の運命を変えてしもた。お前はんの運命も、幼馴染みの運命もなぁ。神さん仏さんは、お前はんらふたりに、随分と難儀な道を用意しはったもんや」

あの水害さえなければ、澪は塗師《ぬし》の娘として慎ましく育ち、おそらく今頃は職人の女房となり、子の母となっていただろう。また野江は淡路屋の末娘として何不自由なく暮らし、同じく大店《おおだな》の若旦那のもとへ嫁いでご寮さんにおさまるに違いなかった。

それが、あの天災を境に、片や天涯孤独の身となり江戸で女料理人として生き、片や、吉原へ売られて遊女として生きることとなってしまったのだ。詮無《せんな》いことだが、水害さえなければ、と思わずにはいられない。

澪は両の掌で口を覆い、哀《かな》しみに耐えた。芳はそんな娘を暫く黙って見守っていたが、その背中に手を置いて、こう言った。

「吉凶は糾《あざな》える縄や。良いことのあとに悪いことが、悪いことのあとには良いことがある。その繰り返しが人の一生。お前はんの幼馴染みは大きな災いに見舞われて、えらい目ぇに遭うた。そやさかい、あとはそれを埋めて余りあるほどの幸いが、ちゃんと用意されてるに違いない。それでこその『旭日昇天』や」

「ご寮さん」

芳の優しい気持ちが、澪の双眸《そうぼう》を潤ませる。吉凶は糾える縄。同じ言葉でありながら、幼い野江は訪れるだろう不幸を憂い、芳は先で待つ幸せを信じると言う。

天満一兆庵の類焼、嘉兵衛の死。江戸店は人手に渡ったまま、佐兵衛の消息も杳《よう》として知れず。辛い経験を重ねた芳の言葉だからこそ、それは澪の胸を強く打った。

「『旭日昇天』と『雲外蒼天《うんがいそうてん》』。水害に遭うて難儀な道を行くことになってしもたけど、お前はんと幼馴染みと、最後に見上げる天はひとつや。どちらもきっと幸せになる」

きっと幸せに、と噛み締めるように繰り返して、澪は零れそうな涙を指で拭《ぬぐ》った。

翌朝。澪が俎橋を渡って来るのを目ざとく見つけて、ふきが箒《ほうき》を手にしたまま駆け寄った。

「旦那さんが大変なんです」

ふきの指さす方を見れば、種市が床几《しょうぎ》の上によろよろと立って軒に何かを貼《は》ってい
る。急いで行って、下から覗くと、「秋葉山大権現」と書かれた札を貼っているのが
わかった。
「おう、お澪坊、相変わらず早ぇな」
危ういながらも何とか無事に床几から下りて、店主は上機嫌で笑う。澪は、札を見
上げながら問うた。
「旦那さん、何の御札ですか？」
「こいつぁ火除《ひよ》けの札だよぅ。今日は吉原じゃあ秋葉祭てぇ紋日さね。吉原で遊ぶ甲《か》
斐性《いしょう》も若さも無《ね》ぇが、せめて気分だけでも真似しようてぇ寸法よ」
ざっと十年に一度は火事で丸焼けになっている吉原にとって防火は切実で、例年、
この日は秋葉山大権現から種火を受け、灯籠《とうろう》に火入れして常灯明とするのだそうな。
そういえば清右衛門も今日、明日が紋日と話していた。あれは秋葉祭のことだった
のか。
「澪姉さん」
ふいにふきが澪の袖を引っ張った。ふきの視線の先に、伊予染めに黒襟をかけた粋
な形《なり》の若い女がにこやかに立っていた。

会釈をして、はて、と澪は首を捻《ひね》った。見覚えがあるようで、よく思い出せない。持ち帰りの茶碗蒸しを買いに来たお客さんだったかしら、と澪は失礼にならぬ程度にそっと視線を送る。

こちらへ歩み寄る女の姿に、店主は、

「お澪坊、知り合いかい？」

と鼻の下を軽く伸ばしながら聞いた。

いいえ、と答えようとして、澪は留《とど》まった。化粧気のない女の顔が、不自然なほどすぐ傍まで近づく。女はにこにこと笑顔のまま、澪の耳もとに唇を寄せ、低く囁《ささや》いた。

「あちきは菊乃《きくの》と申しんす」

あっ、と澪は驚いて、声を上げそうになった。

吉原翁屋の遊女、菊乃。

野江との玉響《たまゆら》の再会を取り持ってくれた、あの菊乃だったのだ。

「菊乃さん、どうして」

零れそうな眼《め》のまま、澪は菊乃の腕を摑んだ。籠《かご》の鳥のはずの菊乃が、何故この刻限、こんなところに居るのか。

「一体どうして」

澪に取り縋られて、菊乃は種市に懇願するような眼差しを送った。何か事情がある、と察したのだろう。種市が、店の二階を指さして言った。

「お澪坊、今朝はまだ余裕がある。上がってもらったらどうだい」

つる家の二階。客用の小部屋が三つ並んだ、その先。一番端の狭い座敷は、普段はふきが寝起きする場所だった。そこに菊乃を通して、澪は火鉢を持ち込んだ。

「今、お茶を」

立とうとする澪を、菊乃がさっと制した。

「今朝、吉原を出て、真《ま》っ直《す》ぐにここに来ました。外に駕籠《かご》を待たせたままなの」

澪は、慌てて座り直す。

「吉原を出た、というと……」

「身請けされました。旦那の名は伏せますが、内藤新宿《ないとうしんじゅく》に小さな家を用意してくれたので、これからはそこで暮らします。菊乃という名も今朝で名乗り納め」

これからは親が付けてくれた「しのぶ」という名で生きていく、としのぶは清々《すがすが》しく笑んでみせた。

苦界から浮かび上がることの出来た喜びが、晴れやかな笑顔に滲《にじ》み出ていた。

「ここに来たのは、翁屋の料理番、又次のことで、あさひ太夫からあなたに伝言を頼まれたからです」

「あさひ太夫から？」

それも又次のことで。ざわざわと胸が騒ぐ。それに耐えて、澪は、しのぶの言葉を待った。しのぶは、声を落として、こう告げた。

「又次は太夫を守るためなら何でもする男。ひとを殺《あや》めることも躊躇《ためら》わないでしょう。太夫はそれを案じています。又次をひと殺しにしたくない、と」

このところ、吉原に来てはあさひ太夫の正体について嗅《か》ぎまわっている男が居る。素性は伏せているが、どうやら元飯田町《もといいだまち》に住む、著名な戯作者の模様。太夫は気にかける様子はないのだが、又次が快く思っていない。

「何か起こるとすれば、三方よしで又次が廓の外へ出る時だろうから、太夫は、あなたにそれとなく気を配ってもらえまいか、と」

清右衛門だ。

皮肉屋の戯作者の顔が浮かんで、澪はぐっと唇を引き結んだ。富三を殴りつけた時の残忍さを知る澪には、野江の心配は尤《もっと》もなことに思えた。

清右衛門と又次が会うことのないように、そしてもしもの時には何を置いても清右衛門を守り、又次をひと殺しにはしまい。澪は、しのぶに深く頷いてみせた。

澪がしのぶを送って表へ出ると、それらしい駕籠が土手に止まっている。寛《くつろ》いでいた駕籠かきたちがこちらを見て、腰を浮かせた。

蜆《しじみ》、寒蜆、えー蜆よっ
折しも俎橋を蜆売りが声を張り渡って来た。ふと、しのぶは蜆の桶《おけ》に目を止める。

「そういえば、太夫はよく、貝殻を眺めておいでです。蛤《はまぐり》の片貝。あれはもしや、あなたとの縁《ゆかり》の品でしょうか」

ふいに、片貝を掌に載せたその色白の手が、目の前に浮かぶ。澪はきゅっと唇を結び、返事の代わりに頷いてみせた。そう、としのぶは言うと、寂しげな顔を飯田川に向ける。群れから逸《はぐ》れたのか、星羽白《ほしはじろ》が一羽、心細そうに水面に浮かんでいた。

「太夫が羨ましい。廓の外に、心を寄せてくれる友だちが居て。私には誰も居ないもの。旦那以外、誰も」

星羽白に目を止めたまま、しのぶは呟く。

「暮らし向きの手立てに、十七で廓に身を売ったけれど、父は仕官が叶わぬとはいえ、士分。苦界に落ちた娘が戻る場所は、もはや何処《どこ》にもないのです」

かけるべき言葉が見つからず、澪は唇を引き結んだまま、しのぶの問わず語りを聞くよりなかった。しのぶは淡々と続ける。

「太夫には、本当に良くしてもらいました。命まで助けてもらった身ではあるけれど、それでも私は、心の何処かで太夫のことを憎んでいたように思います。昔も今も変わらずに」

傍らの娘が目を見張るのを見て、しのぶは口を歪《ゆが》めた。

「太夫が、禿から新造《しんぞう》になる時のことだと聞いています。いずれもこの江戸でその名を知らぬ者は居ない御用商人が三人。それぞれ、身請け銭四千両を翁屋に預けて、遊女としての太夫を買い上げたのです。だから太夫は、ほかに客を取る必要もないし、楼主から借財を重ねることもない」

年季の明ける時に、あさひ太夫にどの旦那を選ぶか決めさせる。それを条件に一万二千両もの金を預託された翁屋は、一気に吉原の大見世となり得たのだという。

十両でも、澪にとっては気の遠くなる額だった。それが、一万二千両……。

口の中が変に乾いて声が出ない。無理矢理に唾《つば》を飲み込んで、やっと掠《かす》れた声で問うた。

「何のためにそんな真似を？」

しのぶは暫《しば》し黙り込み、言葉を選びながらゆっくりと答えた。

「通人の粋な遊び……旦那衆はそう仰《おっしゃ》っていますが、それは建て前でしょう。名高い易者から『旭日昇天』の易を受けた、という触れ込みが利いたのだと思います。最強の運勢を我が手に、と願わぬ者は居ませんから。現に、身請け銭を払ったお三方はそののちも商いを広げられて、資産を何万両から何十万両にされたとか。大きな商いの前に太夫と枕を交わせば、決してしくじることはない、と話されているのを聞いたことがあります。太夫はまさにその易の通りの運を、自身にも旦那衆にも与えたことになります」

澪には到底理解出来ないことだった。黙り込む澪に、しのぶは哀しそうに続けた。

「太夫は翁屋では別格。形の上では抱え遊女でありながら、下にも置かない客人扱いです。その身の上を羨ましく思わない遊女は吉原には居ないでしょう。翁屋の女たちは皆、心の底では太夫のことを憎んでいるはずです」

「そんな……」

あまりのことに澪は言葉を失う。同じ廓に身を置きながら、周囲のいずれからも憎まれつつ日を過ごさねばならないとしたら……。それでは野江はあまりに辛すぎる。澪の気持ちを読み取ったのだろう、しのぶはふっと声音を和らげた。

「けれども太夫には、そんな暗い気持ちを持った者さえ引きつけずにはおかない、不思議な徳のようなものがあるのです。聡明で、温かく、この上なく優しくて……憎みながら、羨みながらも、このひとの傍に居たい、と思わせるような不思議な力が」

だからこそ、あの八朔《はっさく》の『俄《にわか》』で、翁屋のほかの遊女たちが皆であさひ太夫と澪との再会を取り持ったのだ。見つかれば地獄のような折檻《せっかん》を受けることを承知で。しのぶはそう結ぶと、川に背を向けた。

「太夫との約束は果たしんした。あちきはもう、これで里とは縁切りでありんす」

緊張が解けて、つい里言葉に戻ったのを恥じるように、しのぶは顔を赤らめた。

軽く澪に会釈してみせて、駕籠の方へ歩き出す。その華奢《きゃしゃ》な背中が、ひどく心細そうに映った。

旦那以外に寄る辺《べ》のない身、これからどんな暮らしが待っているのか。江戸で暮らし始めたばかりの頃、心細さに耐えていた当時の澪自身を、しのぶの背中に重ねた。

駕籠に乗り込む前に、しのぶは何気なくこちらを振り返った。澪は、両の手を前で揃えて深々と頭を下げる。どうぞ幸せに。里での辛い日々を補って余りあるほど幸せに。その想《おも》いをお辞儀に託した。

澪を見つめるしのぶの瞳《ひとみ》に、ふいに涙が溢《あふ》れる。着物の袖で口を押さえると、深く頭を下げて、しのぶは駕籠に納まった。

「南瓜《かぼちゃ》ってなぁ、女の食うもんだと思うが」

坂村堂の膳から南瓜の煮つけを摘み、卯吉は上を向いたまま口へ放《ほう》り込む。

「なかなか旨《うめ》ぇもんだな」

「食べたいのなら、卯吉さんの分も頼みますよ」

坂村堂が仏頂面で言うと、卯吉は、俺ぁ摘み食いが好きでねぇ、と応えて、汚れた指先を畳になすり付けた。

「大したお行儀だよ。坂村堂さんも、どうしてあんな屑《くず》みたいなのを相手にするのかねぇ」

間仕切りから座敷の様子を見ていたおりょうが、舌打ちする。

「そりゃあ戯作者先生に良いものを書いてもらうためだろうよ。気の毒に、坂村堂の旦那、この間っから集《たか》られっ放しだぜ」

板敷で賄いを食べていた種市が、眉をひそめてみせた。

清右衛門はまた吉原へ通っているらしく、ここ三日ほど、坂村堂ひとりで食事に来るのだが、頃合いを見計らったように卯吉がつる家に顔を出す。決して長居はせず、坂村堂から銭をせびるとふらりと立ち去るのだ。

卯吉が去ったのを知ると、澪は雑念を払うように調理台の蕪を手にした。どんな不安も心配ごとも料理に持ち込むことはするまい、と自らに言い聞かせて、蕪の葉を落とす。実を薄く切り、生のまま口に運ぶ。

「お澪坊、夕餉に蕪を使うのかい？」

種市が澪の手もとを覗き込んで尋ねた。

「はい。どう調理しようかと思って」

大根と違い、蕪は辛味が極めて少なく、ほのかに上品な甘さがある。味沁《し》みが良く、煮崩れし易《やす》い。つる家の献立によく登場するのは、蕪汁と柚子漬け、あとは細かく包丁を入れて花に見立てた菊花蕪《きっかかぶ》の三種だ。

何か、温かくて美味しい料理に出来ないかしら。

澪はしゃりしゃりと蕪を嚙み締めながら考え込んだ。

その夜。暖簾を終《しま》おうと表に出たふきは、目の前で辻駕籠が止まるのを見て、首を傾《かし》げた。不機嫌そうな顔の清右衛門が下り立つのを見て、暖簾を手にしたまま、慌てて店へ駆け込んだ。

「喜の字屋の料理など馬鹿高いばかりで、ちっとも食った気にならぬわ」

店主に運ばせた火鉢で手を焙《あぶ》りながら、戯作者は、常の席で常よりも遥《はる》かに怒り狂っている。夕餉の商いに用意したものは全《すべ》て出てしまっていたので、大根と豆腐の雪見鍋を用意した。店主の寝酒用に残していた海老《えび》は串《くし》に刺してさっと焙る。

「ふん、わざわざ来てやったのに、貧相な夕餉だわい」

芳を相手に悪態をつきながらも、清右衛門の箸は止まらない。

「お澪坊、例の蕪の料理、あれを出してみちゃどうだい」

自分用のちろりの酒を戯作者に出す用意をしながら、種市が澪に耳打ちした。

「蕪が好物な上に、世辞とは無縁。試しに食ってもらうには絶好の相手だぜ」

確かにそうだわ、と澪はこっくり頷いた。

含ませ煮にした小ぶりの蕪を器状にくり抜き、中に海老と銀杏を入れて軽く蒸し、仕上げに葛《くず》あんをとろりとかける。種市はいたく気に入ってくれたのだが、澪自身は何かが足りないように思うのだ。事情を話して、清右衛門に出した。

「試みの品ならば、銭は払わぬぞ。良いな」

どのみち版元のつけにするつもりだろうに、戯作者はふん、と大きく鼻を鳴らした。

だが、料理が気に入ったのか、黙々と箸を動かして蕪を食べ切る。最後は、器に残った葛あんまで綺麗《きれい》に匙で掬い取って、口に含んだ。

これは気に入ったに違いない、と種市と芳はほっとしたように顔を見合わせる。

「つまらぬわ」

清右衛門は、吐き捨てるように言い、膳を押しやって立ち上がった。

「喜の字屋の仕出しにも全く同じものがあった。気位ばかり高く頭が空の、出来の悪い花魁のような味だ」

しおしおと両の眉を下げたまま、澪は不機嫌な戯作者を外まで見送る。あい済みませんでした、と詫びる澪に、戯作者は、

「旨い蕪料理を考えることだ。そうすれば、何かひとつ褒美《ほうび》をやっても良いぞ」

と、横柄に言い放つのだった。

事件は、その翌日に起きた。

昼餉時を過ぎて、つる家一階の入れ込み座敷には、坂村堂と清右衛門の姿がある。いつものように清右衛門が調べの成果について声高に坂村堂に語り、それをおりょうと種市が間仕切りの手前で聞いていた時だった。

「ごめんよ」

勝手口の引き戸が開き、現れた人物を見て、澪は包丁を取り落としそうになった。振り返ったおりょうが尻餅をつき、種市はおろおろと腰を浮かせた。

「ま、又さん」

あたふたと板敷を下り、種市は、座敷に続く土間を塞《ふさ》ぐように立った。

「又さん、一体どうしたんだよぅ」

「何でぇ」

頬かむりを外しながら、又次が訝《いぶか》しげに三人を見た。

「ひとを幽霊か何かみてぇに」

おりょうが咄嗟《とっさ》に機転を利かせて、いやだねぇ、又さん、と朗らかに笑いながら種市を座敷の方へ追い遣った。

「皆、暦を間違えたのかと思ったんだよ、又さんが来るのは、三方よしの日、と決まってるからさ」

「そうか、済まねぇ」

又次は短く言って、懐に手を突っ込んだ。

「澪さんに、これを渡そうと思ったのさ」

差し出されたものを手に、澪は、あら、と声を洩らした。竹の皮に包まれたものが甘い芳香を放っていた。

「こぼれ梅ですね」

ああ、と又次は嬉しそうに頷いた。

「流山《ながれやま》の白味醂《しろみりん》の絞り粕《かす》だそうだ」

「もしかして、相模屋《さがみや》さんのでしょうか？」

「そうだ。その店の白味醂が今、江戸じゃあ一番人気らしい」

留吉《とめきち》の笑顔が、ぱっと脳裡に浮かぶ。

澪は竹の皮の包みの外から、甘い匂いを胸一杯に吸い込んだ。

「喜の字屋の下《した》っ端《ぱ》が流山まで行って手に入れて来たのを、少し分けてもらったのさ。三方よしの日まで置いとけねぇからな」

きっと野江も今頃、同じものを食べているのだろう。澪がお礼を言いかけた、その時。

座敷の方で器の割れる音が響いた。次いで、馬鹿者、と清右衛門の怒鳴る声。

「お前の話す、あさひ太夫の身の上は、どれも偽りだらけではないか」

清右衛門の罵声《ばせい》は、調理場に居る四人の耳にも、はっきりと届いた。

見る間に、又次の表情が険しくなった。

男は澪の脇を抜け、ゆっくりと座敷の方へ向かう。

「又さんは良いんだよ」

おりょうが必死になって、又次の腕を引っ張った。それが却って不審を抱かせたのだろう。又次は眉間に皺《しわ》を寄せて、おりょうの腕を解くと、土間から座敷を覗く。

「良い気になりおって。この屑が」

入口近く、清右衛門が卯吉の胸ぐらを摑んで激昂《げきこう》している。坂村堂は清右衛門を止めようとし、芳はふきを後ろに庇った。又次が気付く前に戯作者を店から出そうと試みたはずの種市は、なす術《すべ》もなく立ち尽くしている。

又次の目が、清右衛門を捉えた。正体を見極めるように、じっと縺《もつ》れるふたりを注視する。その顔からすっと血の気が引くのを間近に見て、澪は、又次の前に回った。

「又次さん、駄目」

両手を広げて行く手を阻《はば》もうとする娘を、しかし、又次は邪険に押しやる。その拍子に包みが土間に落ちてこぼれ梅が散らばった。

大股《おおまた》で向かって来る又次に気付いて、おろおろと種市が、

「又さん、良いから堪えてくんな」

と、懇願した。それに応えず、又次は、真っ直ぐに清右衛門の方へ歩み寄る。

「何だ、お前は」

目の前にぬっと立たれて、漸く清右衛門は又次に気付く。次の瞬間、又次は右手を拳《こぶし》に握り、目にも止まらぬ素速さで戯作者の眉間を打ちつけた。鈍い音がして、清右

衛門はそのまま後ろへと倒れる。

「清右衛門先生」

坂村堂と種市とが慌てて駆け寄ったが、清右衛門は白目を剝いて気を失っていた。

「一体、どうして」

坂村堂は咎《とが》める視線を、又次に投げた。

「坂村堂さん、それより早う、先生を」

自宅に運んで医者を呼んだ方が良い、と芳に言われて、坂村堂は清右衛門を無理にも背負った。おりょうが駆け寄って手を貸す。

「又さんよぅ、これで気が済んだろ、頼むから落ち着いてくれよぅ」

清右衛門を背負った坂村堂が、おりょうと芳に誘われて店を出て行くのを横目に、種市は泣くような声で訴えた。

その又次はというと、仁王立ちになって激しく肩を上下させている。思わぬことで難を逃れた卯吉は、乱れた襟《えり》を両手で整え、へっ、と鼻で笑って立ち去りかけた。

その襟を後ろから摑んで、又次が手前へ引き擦り寄せる。そのまま勢いよく畳に投げ飛ばされて、卯吉はわめいた。

「何しやがる、こいつぁ何の真似だ」

「会いたかったぜ、女衒の卯吉」

自分を知っているらしい男の様子に、卯吉はぎょっと目を剝いた。

「手前《てめえ》だけは生かしておけねぇ」

又次は卯吉に馬乗りになり、その胸ぐらを摑む。又次のただならぬ殺気に驚き、種市が無理にも間に割って入ろうとした。

「又さん、殺しちゃなんねぇ」

だが、又次は老人を手加減なく振り払う。種市は脆《もろ》くも飛ばされ、壁に身体をぶつけて失神した。旦那さん、と澪は悲鳴を上げて座敷を斜めに走りぬけて、種市に縋る。

「手前のしたことを言ってやろうか、卯吉」

「ううっ」

又次に鼻と口を塞がれて息が出来ないらしく、卯吉は身を捩《よじ》ってのたうった。

「水害で記憶を無くして自分が何処の誰かもわからねぇ、そんな小せぇ子を手前は御助け小屋から連れ出して、吉原へ売り飛ばしやがった。旭日昇天てぇ触れ込みでな」

野江のことだ。

店主を介抱する手を止めて、澪は息を詰める。

又次はもう片方の手を卯吉の首にかけた。

「江戸へ向かう道中、手前は散々、嘘《うそ》の話をその子に吹き込みやがった。そうして無くした記憶の分を手前の嘘で埋めた。よもや記憶が戻るたぁ思わなかったようだが」

じわじわと、又次の指が男の首にめりこんでいき、卯吉の顔に脂汗《あぶらあせ》が浮く。

やはり、この男が野江ちゃんを。

怒りが澪の身体を戦慄《わなな》かせる。又次でなくとも許せない。あのまま御助け小屋に居れば、きっと野江には幸せな道があったはず。

くう、と男の喉《のど》が変な音で鳴った。痙攣《けいれん》し始めた手足が終焉《しゅうえん》の近いことを知らせていた。澪は奥歯を噛み締めながら、じっとそれを見守る。

――太夫は、又次をひと殺しにしたくない、と
――澪ちゃん、お願いや、又次を
何の前触れもなく、しのぶの声と野江の声とが重なって耳の奥に届いた。目の前に、白狐《びゃっこ》の衣装の野江が、澪に訴えかける幻が浮かぶ。

――又次をひと殺しにせんといて
「又次さん、殺めては駄目」

咄嗟に澪は立ち上がり、又次の背後からその腕を摑んだ。

「あなたをひと殺しにしないで、と」

満身の力を込めて又次の腕を引きながら、澪は叫んだ。

「野江ちゃんにそう頼まれたの。しのぶさんを……菊乃さんを通じて、そう頼まれたんです。だから殺しては駄目」

ふっ、と又次の腕が緩んだ。

「太夫に？」

ゆっくりと澪を振り返って、又次が問うた。

ええ、と澪は頷いてみせる。

表が騒がしくなっていた。つる家で大立ち回りをやってるぞ、だの、御役人を呼んだ方が良い、だの、暖簾の向こうで誰かが叫んでいる。ふきが暖簾のこちらで耳を押さえて蹲っているのが見えた。

澪は、又次の腕を摑んで何とか卯吉から離すと、強く言った。

「厄介なことになる前に、ここは私に任せて、早く勝手口から外へ」

又次を逃がすと、澪は手桶に水を汲み、座敷へ戻った。そして卯吉の顔の上で手桶の上下を返した。勢いよく水がかかり、死にかけていた男は、げほげほと激しくむせた。何とか息を吹き返したものの身体に力が入らないのか、畳にだらしなく伸びたままだ。その脇に身を屈めて、澪は囁いた。

「あんた、よう覚えときなはれ。今度あさひ太夫に関わったら地獄見ますで」

焦点の合わぬ濁った眼を向ける女衒に、澪はゆっくりとこう言い添えた。

「次は助けへん。それどころか、私のこの手ぇでお前はんを三枚に下ろしたるさかいに」


その日、つる家は夜の商いを休んだ。美味しい夕餉を期待して足を運んだお客が腹立ち紛れに怒鳴る声が、内所《ないしょ》まで届いていた。

「気を失ったのは短い間だったようですし」

種市の診察を終えた源斉が、付き添っていた澪と芳に穏やかに告げる。

「吐き気もない様子ですから大丈夫。ただし、今夜はこのまま寝かせて上げてください。お酒も駄目です」

「源斉先生、そいつぁねぇや。こう寒くっちゃ、呑《の》まねぇと凍え死んじまいまさぁ」

情けない声を上げる種市を、旦那さん、と芳が首を振って制した。

「今夜はこちらへお泊まりですか？」

源斉を送って表へ出た時にそう問われて、澪は、はい、と頷いた。種市が心配なのはもちろん、又次の暴行を目《ま》の当たりにして、ふきが酷《ひど》く怯えているのも案じられた。

弓張り月が、寒々しくふたりの周辺を照らしている。

吐く息が白く凍って天へとのぼっていくのを、ふたりは少しの間、黙って見ていた。

では、と提灯を手に歩き出した源斉が、ふと足を止める。店の北側に先日積もった雪が凍えたまま、溶けずに残っていた。

「ああ、友待つ雪ですね」

ほのかに笑っているらしく、源斉の声が柔らかい。

友待つ雪、と澪は繰り返して、

「初めて聞きます。それは雪の名前ですか?」

と恥ずかしそうに尋ねた。

ええ、と若い医師は優しく頷く。

「白雪の色わきがたき梅が枝に友待つ雪ぞ消え残りたる——と、古い歌に詠まれています。あとから降る雪を待って、まだ消え残っている雪のことを、そう呼ぶのですよ」

昔のひとは美しい心を持っていますね、と言い残して源斉は帰っていった。

「ご寮さん、世話ぁかけちまったなあ」

外から戻った芳に、種市は心底申し訳なさそうに詫びた。店の中で起きたことなので、芳が主の代わりに清右衛門宅へ、お詫びとお見舞いを兼ねて挨拶《あいさつ》に行ったのだ。

「戯作者先生の怪我が大したことなくて、ひと安心だ」

「へえ。丁度、坂村堂さんがおいででしたから、明日の三方よしにはお越しにならんように、とお願いして来ました」

よもや又次が翁屋の料理番とは思いも寄らなかったのだろう、事情を飲み込んだ坂村堂が、今後は重々気をつけることを約束してくれた。

「又さん、明日、来てくれるかねぇ」

そう呟くおりょうに、きっと来やはります、と芳が応えた。

大人たちの口から又次の名が出ると、ふきは真っ青になって震えだす。せっかく又次と打ち解けてきたのに、と誰もがそう思い、けれど口にはしなかった。

翌日の「三方よしの日」。芳の言った通り、又次はいつも通り、ちゃんと現れた。

「この通りだ」

ほかに何も言わず、ただ深く頭を下げる又次を、つる家の面々は黙って受け入れた。卯吉を殺そうとしたことを知っているはずの種市も、一切それを洩らしていない。

少しぎこちなさは残るものの、それぞれが心を合わせてお客を迎える。

「可哀《かわい》そうなことをしちまった」

目が合うだけでがたがたと震えだすふきに気付いて、又次がぼそりと呟いた。

澪も、下足棚の陰に身を潜めるようにしているふきに気付いて、両の眉を下げた。暴力を振るった又次に、登龍楼での辛い記憶が蘇るのだろう。

「でも、ふきちゃんは又次さんが本当は優しいひとだと知っているはずですから、時はかかるでしょうが、きっと大丈夫です」

途端に、又次がげらげらと笑い出した。

「この俺が優しい？　あんた、気は確かか」

「だって本当です。だからこそ野江ちゃんも」

言い募る澪の口を、又次は乱暴に手で封じた。

「黙んな。知った風な口を叩かれるほど、あんたは俺のことを知っちゃいねぇ」

又次の双眸に、怒りの炎が暗く燃えている。

澪は意図せずして又次の心に棘《とげ》を刺したことを知り、赦《ゆる》しを請う眼差しを向けた。

済まねぇ、と又次は直ぐに手を放して澪を解放した。

「又次さん」

おろおろと詫びようとする澪を目で制して、又次は黙々と豆腐を切り揃え始めた。

その横顔に暗い影が宿る。安易な物言いをした、と澪は自身の幼さを恥ずかしく思いながら又次に一礼し、気を取り直して鬼卸しで大根を卸し始めた。

座敷からは、白尽くしの雪見鍋や菊花雪などを肴に、酒を楽しんでいるのだろうお客たちの声が届く。

こちらにどんな事情があろうと、料理を楽しみに足を運ぶお客には一切関係のないこと。今はただ、心を込めて料理しよう、と鬼卸しを使う手に力を込める。

「そういやぁ」

気詰まりな空気を払うように、又次が少し硬さの残る声で話しかけて来た。

「蕪を使った料理を考えてたようだが、何か思いついたのか」

いえ、と首を振ってみせて、澪はふと手を止めた。そういえば、大根はこうして卸して使うのに、蕪は卸したことがない。娘の思いつきを察したように、

「蕪を卸すってのは、面白《おもしれ》ぇかも知れねぇな」

と、又次は頷いてみせた。


「五日ぶりに、ここに来てみたが」

ひと気のない入れ込み座敷に、清右衛門の大きな声が響いている。

「相も変わらず、つまらん料理ばかりだ」

鯊《はぜ》の天麩羅をぱくぱくと尻尾《しっぽ》まで食べながら悪態をつく戯作者と、その隣りで丸い目をきゅーっと細めて風呂吹き大根を美味しそうに食べる版元。ふたりの様子を間仕切り越しに眺めて、おりょうが笑いを嚙み殺す。

「あのふたりの姿が座敷にあると、やっぱり嬉しいもんですねぇ、旦那さん」

違《ちげ》えねぇや、と種市も笑いながら応えた。

又次に殴られて気を失ったことが幸いしてその前後のことをよく覚えていない清右衛門に、坂村堂が恥を欠かさぬよう辻褄《つじつま》合わせをしてくれたらしい。わだかまりなく、ああして料理を食べているのを眺めて、つる家の面々はほっと胸を撫で下ろす。

「澪、おふたりにお汁のお代わりや」

芳が空の椀をふたつ下げて戻って来た。焼いた葱を入れた熱い汁を装うと、澪は自分で座敷に運んだ。

「名のある豪商が、それぞれ身請け銭を翁屋へ預けて抜け駆けを禁じ、最後は太夫に旦那を選ばせる。ほれぼれするほど粋で豪勢な遊びよ」

「しかし先生、一万二千両、というのはちと話が大き過ぎやしませんか?」

ふたりは、澪が汁椀をそれぞれの膳に置く間も、夢中で話し続けている。

「吉原廓を一晩、二千三百両で買い切った紀文《きぶん》。その紀文と張り合った奈良茂《ならも》。伝え継がれる豪商というのは、吉原で数多《あまた》の伝説を残しておる。粋が身上のこの都で、『旭日昇天』の運を背負ったあさひ太夫を巡る豪勢な遊びは、のちの世までの語り草になるだろう。運命に翻弄される、美貌の太夫。この話は売れる、売れるぞ、坂村堂」

高揚した口調で話す戯作者の声を、澪は身を斬《き》られる思いで聞いた。

ひとりのおんなの人生を遊びの道具にするのか。

身請け銭を出した時点で、誰でも良い、野江を吉原から出してやろうとは考えなかったのか。怒りで震え出しそうになるのを、澪は拳を握ることでぐっと耐えた。

だが、それよりも、そんな戯作が世に出たら一体、野江はどうなるのか。戯作などとは無縁に生きて来たはずのおりょうですら、まだ作品が発表される前から話の展開が気になって仕方のない様子なのだ。清右衛門の言う通り戯作が売れれば、あさひ太夫は翁屋で密《ひそ》やかに存在を隠されていたはずが、世間の好奇に晒されてしまうだろう。下手をすれば、その身に危険が及ぶかも知れない。また、たとえ晴れて吉原を出ても、戯作の題材にされたことは生涯ついて廻《まわ》るだろう。

大きな商いの前に太夫と枕を交わせば、決してしくじることはない――そう話していたしのぶの声が耳に蘇る。

止めなければ、何としても。

だが、どうすれば良いのか。澪は、暗澹《あんたん》たる思いで、調理場へ引き上げた。

何の妙案も思いつかぬまま、井戸端へ水を汲みに出る。表通りへ通じる路地の両端に、先日降り積もった雪が、見るからに汚らしく、薄汚れたまま残っていた。

「友待つ雪……」

梅の枝に積もった雪なら、白いままで済む。けれど、日の差さぬ地面に降り積もった雪は、ひとの足で踏まれ、蹴散《けち》らされ、汚れる一方だ。それでもああして次に降る雪を待つのか。ただじっと凍えながら待つのか。

澪は桶を脇に置いて、懐から小さな巾着《きんちゃく》を引っ張り出した。中身を掌に受ける。縞《しま》目《め》の美しい、蛤の片貝。その片割れは、吉原の野江の手もとにある。貝を包んだ手を、澪はそっと胸に当てた。ふいに深い哀しみが胸を貫いて、澪は井戸端に蹲った。

溢れそうになる涙を、しかし澪は唇を引き結ぶことで耐える。野江のことを思えば、泣いている場合ではなかった。何か手立てを考えねば。何か手立てを。

——旨い蕪料理を考えることだ。そうすれば、何かひとつ褒美をやっても良いぞ
清右衛門の言葉を思い返して、澪は顔を上げる。

そう、もしかしたら、手はひとつ残されているかも知れない。

片貝を戻して巾着を懐に捻じ込むと、澪は勝手口から調理場を抜け、座敷へと駆け込んだ。既に、戯作者と版元の姿はない。

「おい、お澪坊、一体どうしたんだよぅ」

尋ねる店主にも構わず、澪はまた勝手口から表へ飛び出した。

俎橋の手前を左に折れて飯田川に沿って走る。目の前に、貧相な背中や肩幅に比して頭の大きな男が歩いていた。

「清右衛門先生」

澪が呼ぶと、男はゆっくりと振り返った。

「何だぁ？　戯作者先生と賭《か》け？」

暖簾を終ったつる家の調理場。店主の種市は、戸惑った顔を料理人に向けた。

「お澪坊、そいつぁ一体どういうことだよぅ」

つる家の奉公人である以上、店主にはお客の清右衛門と料理で賭けをする許しをもらう必要があった。だが、わけをどう話せば良いものか、澪は言葉に詰まる。あさひ太夫の正体が幼馴染みの野江であることは、種市には話していないのだ。

「いつぞや、蕪の料理を『出来の悪い花魁のような味』て言われたことが、料理人として口惜《くや》しいんだすやろ」

芳の取り成しで、種市は首を捻りながらも料理の試作にかかることを許してくれた。

蕪は大根とは違い、食感にほんの僅かな粘りがある。軟らかいので鬼卸しではなく、目の詰まった銅の卸し金を用いた。軽く水気を切り、卵白と合わせておく。それを下《した》拵《ごしら》えした鮃《ひらめ》の上にふわりと載せて蒸す。試行錯誤の末にここまでは辿《たど》りつけた。

蒸し上がったものを食べてみる。確かに美味しいのだが、何か物足りなかった。澪は手にした箸を見て、せっかくの淡雪《あわゆき》のような食感をこれで食べるのは勿体《もったい》ない、と思う。茶碗蒸しのように匙で食べるのはどうだろう。それなら葛を引いて、そうだ、あれも試そう……。

俎橋の真ん中に立った時のように、味の景色が目の前に広がる。もっともっと美味しく出来る。そう確信して、澪は着物の上から、懐の片貝にそっと手を置いた。


その日、清右衛門は澪に言われた通り、暖簾を終ったあとのつる家を訪れた。

二階の山葵《わさび》の間に通され、不機嫌そうに火鉢に手を翳《かざ》す。

「この寒い中、出向いてやったのだ。不味ければ許さんぞ」

澪はそれには応えず、清右衛門の前に膳を置いた。膳の上には蓋物《ふたもの》の器がひとつ。

箸はなく、漆塗りの匙が添えてあった。

蓋を取る。淡雪のような何か。上に山葵が載っている。葛あんのために湯気が封じ込まれているらしいが、器に触るととても熱い。清右衛門は匙を手に取り、あんに山葵を溶きながら淡雪を崩した。ゆっくりと口に運ぶ。

「ほう」

思わず声が洩れた。

また、ひと匙。淡雪の下に鮃が隠れていた。

惜しむように、清右衛門の匙が進む。

ほんの僅かのあんも残さずに食べ終えると、清右衛門は匙を置いた。

「この料理の名は？」

「隠れ里、と名付けました」

おろした蕪の下に、鮃が隠れている。里に住む太夫をいたずらに表に出さないでほしい、との思いを込めた名前だった。

ふん、と鼻を鳴らすと、清右衛門は難しい顔で腕を組んだ。

「旨い蕪料理を考えたら、ひとつ褒美をやる——確かにわしはそう言った。何を寄越せと言うのだ」

「清右衛門先生が今書かれている戯作を」

澪は畳に手をついて頭を下げ、声を絞った。

「あの戯作を私にください」

何、と戯作者は目を剝いた。

「何だと？」

澪は顔を上げ、夢中で清右衛門に懇願する。

「いいえ、くださらなくても良い、書くのを取り止めて頂きたいのです」

「どういうことだ、それは」

「あさひ太夫と私は幼馴染み。十二年前、清右衛門先生がご覧になったあの大坂の水害で、ふたりとも孤児になった身です。私たちは八つでした」

水害のことを口にするだけで、あの夏の容赦ない日差しに、泥と化した街並み、むせかえる死臭がこの場に蘇るようだった。

「何と……」

清右衛門の顔から、流石《さすが》に血の気が引いた。

真実を話して、それを戯作にされてしまう可能性もある。けれども澪は十二年前、清右衛門が同じくあの惨《むご》い情景の中に身を置いた、その一事に縋りたかった。

新町廓でふたりが受けた易のこと。

水害で孤児となり離れ離れになったはずが、この江戸で、思いがけない形で巡り逢《あ》えたこと。

感情を交えず、澪は淡々と語った。語り終えて、顔を上げる。清右衛門はと見れば、難しい顔で腕を組んだまま、微動だにしない。長い長い沈黙のあと、男はひと言も発しないまま立ち上がり、静かに部屋を出ていった。


「まったく、清右衛門先生の気紛《きまぐ》れには、弱り果てましたよ」

翌日、ひとりでつる家を訪れた坂村堂は、げっそりとやつれた顔で、深々と吐息をついた。

「これまで信頼してお付き合い頂いていましたが、今度という今度は私も参りました。ほとほと参りましたとも」

「坂村堂さん、一体どうしたんで？」

種市にそう問われて、坂村堂はまた、重い溜め息をついてみせた。

「気が向かないから書かない、と」

えっ、とおりょうが叫んで、畳を這うように版元の前へ出た。

「あの、あさひ太夫の話をですか？」

「そうなんですよ」

力なく頷く版元に、おりょうは憤る。

「じょ、冗談じゃないよ、坂村堂さん。あたしゃどれだけ楽しみにしてるか。書かないって、そんな」

おりょうさん、と芳が宥《なだ》める。

「清右衛門先生らしいと思いますで。気紛れは戯作者の性《さが》だすやろ」

澪は目立たぬようにその場を離れ、勝手口から表へ出た。いつの間に降り出したのか、凍空《いてぞら》から白雪がふわふわと落ちて来る。雪花の幕越し、澪は中坂の清右衛門の住まいの方を向き、そっと両の手を合わせた。ありがとうございました、と胸の内で繰り返し、深く首を垂れる。

澪の髪に、肩に、そして路地に消え残っていた友待つ雪の上にも、真新しい雪がふわりと優しく舞い降りている。


その夜のこと。六つ半（午後七時）を過ぎ、最後のお客が帰った。店主が下足番に暖簾を終うよう声をかけようとした時だ。

「おいでなさいませ」

ふきの声が響き、清右衛門が不機嫌そうに入って来た。いつもの席へ案内しようとする芳に構わず、そのまま勝手に階段を上がっていく。

「どうやら、お澪坊に用があるみてぇだな。ご寮さんに相手してもらって、その間にお澪坊は、例の料理を作ったらどうだい」

店主が言い終える前に、芳はお茶を盆に載せると、二階へ向かった。

卸した蕪と、店主の寝酒の肴になるはずだった鮃を使い、最後に山葵を置いて料理を仕上げる。膳を運んで来た澪を見て、芳は代わりに部屋を出た。ふたりきりになると戯作者は黙って料理に手を伸ばした。

「清右衛門先生」

澪は両の手をつくと、畳に額を擦りつける。

だが、続きを言う前に清右衛門の罵声が飛んだ。

「何が『隠れ里』じゃ。お前には名付けの才など、まるでないわい」

きょとんと顔を上げる澪に、清右衛門は匙で掬ったものを目の高さに近づけて、さらにこう吐き捨てる。

「大体、鮃というのが気に入らぬ。何故、鯛《たい》にしない。お前の中のあさひ太夫は、そんなに安っぽいのか」

「いえ、鯛が本当に美味しくなるのはもう少し先なので、今は鮃の方が良いと思いました」

両の眉を下げて澪が応えると、清右衛門は、ふん、と大きく鼻を鳴らし、不快そうに腕を組んだ。

機嫌を損ねたことを思い、身を縮める澪に、清右衛門は重々しく言った。

「名は『里の白雪』。時季が来れば、魚は鯛を用いることだ」

「はい」

「坂村堂は無論のこと、ほかの客にも出すな。わしだけの料理とするのだぞ」

思わず澪の頬が緩んだ。はい、と頷いてみせて、再度、戯作者に深く一礼する。

「戯作のこと、お聞き届けくださって、本当にありがとうございました」

ふん、と清右衛門は一層大きく鼻を鳴らす。

「今は書かない、としたまでのこと」

ぴしゃりと言われて、澪は眉を下げた情けない顔で清右衛門を見た。

眉の下がりぶりが面白いのか、清右衛門はほろり笑う。

「戯作を生業とするわしの考えた筋立てよりも、お前の身の上話の方が遥かに傑作なのも癪《しゃく》に障った。それにしても十二年前、わしが京坂で見た光景の中に、お前たちのような運命を歩む者が居たとは」

清右衛門は立ち上がり、窓を開けた。

雪はまだ深々と降り続いており、雪明かりで周囲が仄明《ほのあか》るい。

「四年前だ。吉原の海老屋に杣《そま》川という名の遊女が居たが、女に身請けされて大変な騒ぎになった」

「女のひとが身請けを？」

「うむ。女の亭主が杣川の馴染みで、杣川を自由の身にしてやってくれ、と言い残して死んだそうな。亭主の遺言をその女房が守った形だが、女が女を身請けしたことに違いはない」

清右衛門は、澪に向き直ると、事も無げに、

「あさひ太夫を、お前が身請けしてやれ」

と、言い放った。

「えっ」

澪は驚きのあまり、前のめりで畳に突っ伏しそうになる。清右衛門はそんな娘の動揺に構うこともなく、さらりとこう続けた。

「どのお大尽《だいじん》に身請けされるよりも、お前に身請けされることが、太夫にとっての一番の吉祥」

「そ、それは無理です」

おろおろと畳を這い、何とか座り直すと、震える声で言い募る。

「一万二千両……一万二千両です。私には、どう考えても無理です」

「安心しろ、一万二千両は翁屋に預託された総額、太夫の身請け銭は端《はな》から四千両の決まりだ。預託金の運用で充分に利鞘《りざや》を稼いだ翁屋から、太夫に選ばれなかった者にはそれぞれ四千両が戻される仕組みになっておる」

戯作者は歩み寄ると、澪の脇に腰を屈めた。

「お前がその身請け銭の四千両を用意して、あさひ太夫を吉原から出してやれ」

野江を吉原から……。

自分にその力があればどれほど……。

澪は畳に置いた両の手を拳に握って声を絞る。

「けれども、私には到底無理です」

ふん、気概のないやつだ、と清右衛門は吐く。

「この江戸には、どん底から這い上がり、一代で十万両の富を築く商人も居るのだ。

端から諦《あきら》めるやつに言うことなどないわ」

畳を踏み鳴らして立ち去りかけて、戯作者はふっと足を止めた。

「日本橋登龍楼ほどの店なら、四千両用意するのはさほど難しくはなかろう。お前が天満一兆庵の再建を果たし、料理でひとを呼ぶことが出来れば、叶わぬ夢ではあるまい」

息を飲む澪を捨て置いたまま、清右衛門はからからと笑い声を上げながら部屋を出ていった。

開け放たれた窓の外、深々と雪は降り続いている。

寒紅——ひょっとこ温寿司《ぬくずし》

昨夜来の雪が踝《くるぶし》の辺りまで積もって、歩きにくい。延々と続く武家屋敷の白壁も相まって、周囲は白一色。辻番《つじばん》の脇に植えられた南天の、その実の赤と葉の緑が、寝不足の澪《みお》の目を射貫《いぬ》くようだった。

「そっちが丑寅《うしとら》の鬼門なんでね」

立ち止まって南天に見入る澪に気付いて、番屋が雪かきの手を止める。

「まあ、迷信っちゃ迷信なんだろうが、鬼門封じに南天を植えてあるのさ」

難を転じるって言うだろ、と番屋は欠けた歯を見せ、短く手折《たお》ったひと枝を澪に差しだした。礼を言って受け取り、澪はそのまま化け物稲荷《いなり》へと急いだ。

冷気が肌を刺す、冬至《とうじ》の朝である。

化け物稲荷には、相変わらず人の気配はなかった。けれども、積雪に残る草履の跡に目を止めて、澪は、あ、と小さく声を洩《も》らす。目を転じると、祠《ほこら》の雪が払われ、神《しん》狐《こ》の足もとには油揚げが供えられていた。

澪は身を屈《かが》めると、雪の窪《くぼ》みにそっと掌《てのひら》を置く。そのひとの名を呼びそうになって、きゅっと唇を噛《か》んだ。

天満一兆庵《てんまいっちょうあん》を再建し、野江を身請けする——昨夜、戯作者清右衛門《げさくしゃせいえもん》から示されたその道筋のあまりの遠さに、胸が潰《つぶ》れそうになる。

だが、見果てぬ夢、と端《はな》から諦《あきら》めることも出来なかった。そこには亡くなった嘉兵衛《かへえ》や、芳《よし》、それに野江《のえ》への想《おも》いがある。

どうすれば良いのか。

澪はのろのろと立ち上がり、祠へ向かった。小さな祠の前に蹲《うずくま》り、両の手を合わせる。一心に祈っていると、そのひとの声が耳に届いた。

——あれこれと考え出せば、道は枝分かれする一方だ。良いか、道はひとつきり
それを忘れるな、と言い切った時の表情までが鮮やかに蘇《よみがえ》る。男の声や表情を幾度も思い返すうちに、徐々に気持ちが落ち着いてくるのがわかった。澪は合わせていた手を解き、顔を上げて神狐を見た。

神狐は、野江に似た面差しで、ふふっと澪に笑いかけている。手を伸ばして石の体をそっと撫《な》で、澪は小さく頷《うなず》いてみせた。

手を抜かず、心をこめて料理を作る。料理に身を尽くす、という生き方を貫こう。そうすることで拓《ひら》ける道もきっとある——今はそう信じて生きていきます、と澪は心

の中の男の面影に告げていた。

「あら」

お参りを終え、化け物稲荷を出たところで、澪は足を止めた。

真《ま》っ直《す》ぐ北へ向かう通りを、伊佐三《いさぞう》と思《おぼ》しき後ろ姿の男がすたすたと歩いていく。

確か、おりょうから普請のために遠出している、と聞いていたが、帰っていたのか。

笑顔で声をかけようとして、澪はふいに躊躇《ためら》った。

伊佐三の先を若い女が歩いている。ゆうべの酒でもまだ残っているのか、ふらふらと千鳥足だ。

「そんなに追い立てなくったって、ちゃんと帰りますよ」

女が振り返って、滑らかな声を上げる。

「憎いひとだよ。ここまで追い駆けて来たのに、手も出しゃしないなんて」

あたしの気持ちに気付いてるはずだろ、と男の腕を摑《つか》み、しな垂れかかる。男はというと、立ち尽くしてはいるが、拒《こば》む様子もない。

見てはいけないものを見てしまった気がして、澪は顔を背けた。

伊佐三さんに似てるけど、ひと違いだろう。

そう言えば、種市《たねいち》も澪の後ろ姿を娘のおつると見間違えたのだ。ひとの背中なんて似たようなものだし、と澪はそう思いついて、ほっと安堵《あんど》の息を吐いた。

「旦那《だんな》さん、ほんとに済みません」

つる家《や》の調理場で、先刻からおりょうが身を縮めている。

「太一《たいち》を見てもらってたひとが、今朝、急に裏店《うらだな》を出ていってしまって、誰か頼めそうなひとを探しちゃいるんですが。うちのひとは先月から新宿《にいじゅく》の普請場に詰めてるし、もう連れて来るしかなくて」

母の着物の袖《そで》を小さな手でぎゅっと握って、太一はおりょうと店主とを交互に見上げている。そんな太一の頭にそっと手を置くと、種市は柔らかに目尻《めじり》に皺《しわ》を寄せた。

「なぁに、構うこたぁねぇよ。太一坊なら俺ぁ、何時《いつ》でも大歓迎だぜ」

なあ、お澪坊、と店主に同意を求められて、澪はにこにこと頷いた。

前のつる家の調理場の階段脇で、大人しく遊んでいた太一の姿を思い出す。店が元《もと》飯田町《いいだまち》に移ってからは、おりょうは同じ裏店のおかみさんに太一を預けて、つる家を手伝ってくれていたのだ。

こちらが気になるのだろう、ふきが間仕切り越しに、顔を出したり引っ込めたりしている。それに気付いた種市が、手招きしてみせた。

「ふき坊、こいつぁ、おりょうさんの倅《せがれ》で太一ってんだ。その土間のあたりで勝手に遊ぶだろうから、様子だけ気にしてやってくんな」

はい、とふきは嬉《うれ》しそうに頷いて、太一の脇に屈《かが》んだ。その顔を覗《のぞ》き込みながら、

「太一ちゃん、幾つ？」

と尋ねる。だが、太一は俯《うつむ》くばかり。ふきがさらに問いかけようとするのを、おりょうがやんわりと遮って、代わりに答えた。

「小さく見えるけどねぇ、もう七つなんだよ」

途端、ふきが嬉しそうに手を合わせる。

「じゃあ健坊《けんぼう》と同い年です」

さらに話しかけようとするふきを制して、芳《よし》が太一の背中にそっと掌を当てる。

「太一ちゃんは、ここは初めてやったなあ。ぐるっと店の中を見せてあげまひょ」

二階もおますのやで、と芳が太一の手を引いて座敷へ向かった。ふたりが階段を上り始めるのを確かめてから、おりょうは腰を落として、ふきの顔を見た。

「ふきちゃん、太一はね、思うように口がきけないんだよ。だから聞かれたことに返事も出来ないのさ。気を悪くしないどくれ」

低い声でそう耳打ちされて、ふきは驚いたように大きく目を見開いた。おりょうは

少しの間、逡巡《しゅんじゅん》して、意を決した顔で続ける。

「太一は、うんと小さい頃に火事に遭ってね。ふた親を」

「おりょうさん」

澪は堪《たま》らず、おりょうの名を呼んだ。

何もそこまで、との気持ちを汲《く》んだのだろう、おりょうは背後の澪を振り返った。

「良いんだよ、あたしゃ、ふきちゃんには太一のことを知っておいてほしいのさ」

澪が黙ると、おりょうはふきに向き直り、こう続けた。

「火事に遭って、ふた親を目の前で亡くしちまってねぇ。それ以来、しゃべれなくなっちまったんだ」

告げられた内容があまりに重く、ふきは、青ざめておりょうの顔をじっと見つめるばかりだ。

おりょうは軽く頭を振ると、腰を伸ばした。そして誰に聞かせるわけでもなく、

「うちのひともあたしも、色々と試しちゃいるんだがねぇ。声ってのはなかなか戻らないのさ」

と、寂しげに呟《つぶや》くのだった。

お客を迎える準備を滞りなく終えて、暖簾《のれん》を出すまでのほんの短い間。澪は辻番で

もらった南天のひと枝を、勝手口の脇に飾った。ふと思い立って、ふきと太一を呼ぶ。

「雪を取って来てくれないかしら。このお盆に載るくらい」

澪から小さな丸盆を受け取ると、ふきは、太一ちゃん、行こう、とその手を握った。汚れてない雪を、と思ったのだろう、ふたりは俎橋《まないたばし》の欄干に積もった雪を持ち帰った。それを澪は盆の上で、優しく丸い形に整える。

「こうして、と」

南天の赤い実を左右にひとつずつ、同じく緑の葉を一枚ずつ、きゅっと差し込むと、何とも愛らしい雪兎《ゆきうさぎ》になった。ふきと太一が互いの顔を見合って、嬉しそうに笑っている。蕾《つぼみ》が綻《ほころ》んだような笑顔を見て、大人たちも皆、頬《ほお》を緩めた。

「おい、つる家、店開けはまだか」

表でお客の急《せ》かす声が響いて、その日のつる家の商いが始まる。

冬至には南瓜《かぼちゃ》、小豆粥《あずきがゆ》、蒟蒻《こんにゃく》を食すと無病息災が叶《かな》うという。この日、澪は白飯ではなく小豆粥、それに南瓜の煮つけを用意して大根の柚子《ゆず》漬けを添えた。手綱の形にくるりと結んだ蒟蒻は胡麻《ごま》油で炒《いた》め、鰹節《かつおぶし》粉と調味料で煮含めて、土佐炒《い》り煮にした。たっぷりの出汁《だし》が無くなるまで煮つけられた南瓜は、ほくほくと甘く軟らかい。落とさぬよう上手に口へ運ぶと、坂村堂《さかむらどう》は丸い目をきゅーっと細める。うふふ、と思わず声が洩《も》れて、澪は慌てて口を押さえた。

「坂村堂さんが召し上がると、南瓜の煮つけが大変なご馳走《ちそう》のように思えます」

「ご馳走ですとも。それも極上のご馳走だ」

口の中のものを飲み込むと、坂村堂は料理人に大きく頷いた。

「一見、何でもない料理ほど、料理人の力量が問われるのですよ。いやあ、蒟蒻といい、小豆粥といい、どれも見事だ。冬至にこういうものを食べると、本当に寿命が延びるように思います」

「あとは柚子湯に浸かって、一杯やりゃあ言うことなしってね」

盃《さかずき》を持つ仕草で種市が言うと、坂村堂は朗らかに笑ってみせた。その傍らに清右衛門の姿がないことを、つる家の誰もが寂しく思う。それを察したのだろう、坂村堂は、

「清右衛門先生も意地を張らずに、いらっしゃれば良いのですが、戯作を書かない手前、遠慮なさっているようなんです。折りを見てまた誘ってみます」

と言い残して、帰っていった。

「おりょうさん、今夜は済まなかったなあ」

この通りだ、と種市は両手を擦《す》り合わせる。

常ならば七つ（午後四時）で先に上がるおりょうが、今夜は暖簾を終《しま》うまで店を手伝った。調理場の板敷で眠り込んでしまった太一をおんぶ紐《ひも》で背中に括《くく》りつけながら、おりょうは首を振る。

「お詫《わ》びを言うのはあたしの方ですよ、旦那《だんな》さん。亭主も暫くは新宿泊まり、太一をここに置いてもらえたからこそ、夜まで働いて、澪ちゃんたちとも一緒に帰れるし」

「伊佐さんは、いつまで新宿なんだい？」

「年明けまでかかる、て言ってました。まぁ、暮れには一旦、戻るでしょうけど」

おりょうの返事を聞いて、種市は、

「なら、暫くは太一ちゃん連れて、通っちゃどうだい」

と、提案した。

夜の冷気が、踏み固められた積雪をさらに凍らせて、油断すると足を取られる。太一を背負うおりょうを気遣いながら、澪と芳は慎重に歩いた。神保小路を抜け、表猿楽町まで来たところで、おりょうの息が上がっているのに気付く。

「おりょうさん、替わりましょう」

澪は提灯《ちょうちん》を芳に託すと、おりょうに背中を向けて腰を落とした。

「済まないねぇ、澪ちゃん。太一も大きくなっちまった上に、あたしに力が無くなって。頑丈なだけが取り柄だったのに、この頃はどうにも身体《からだ》に力が入らないのさ」

「おりょうさんも私も、もう五十だすで、若い頃と同じやおまへんさかいに。それに、おりょうさんは大病した身ぃ、無理は禁物だす」

澪が太一を背負うのを手伝いながら、芳は優しく言った。確かに、もとはでっぷりと肥えていたおりょうの身体は、麻疹《はしか》を患って半分ほどになっていた。

「身が軽くなったのは嬉しいんだけどね。亭主は喜んじゃくれないのさ」

珍しく、陰のある声。それに気付いて澪と芳とは顔を見合わせる。

「おりょうさん、何ぞ、おましたんか？」

芳に問われて、おりょうは吐息をつく。自然、三人の足取りは重くなった。

「うちのひとが新宿に詰めるようになったのは先月初め。もうふた月近くになるのに、その間、太一の顔を見に帰っても、あたしが戻るまで待っててくれた例《ためし》がない」

「新宿までは遠おますよって、そら仕方ないのと違いますか」

取り成すように芳が言えば、おりょうはまた小さく息を吐いた。

聞けば、新宿へ立つ前に、夫婦喧嘩《げんか》をしたという。

「うちのひとが、太一にそろそろ手習いを、と言い出してね。でも、あたしゃ、この子の声が戻るまで待ちたいのさ。話せないことで辛《つら》い思いをしたら、可哀《かわい》そうじゃないか。そしたら……」

手前《てめえ》は太一を不憫《ふびん》がり過ぎる、このまま声が戻らないこともあるから心づもりを、と伊佐三に言われて、かっと頭に血が上った。言わなくても良いことを言って、伊佐三を怒らせてしまった、とおりょうは肩を落とす。

「太一の実の父親は、うちのひとの下で働いていた大工なのさ。家族ぐるみの付き合いがあったから、あたしゃ、太一の声を知ってるんだよ。子供らしい可愛《かわい》い声を。だからどうにも諦《あきら》めがつかなくてねぇ」

最後の方は涙声になった。芳は黙っておりょうの背中にそっと手を置いた。


翌朝早く、そのおりょうが太一を連れて、澪たちの部屋を覗いた。

「ご寮さん、澪ちゃん、悪いんだけど、太一を頼めるかねぇ、うちのひとの親方が見えて、話があるって言うのさ」

向かいを見れば、白髪《しらが》頭の大工職の頭《かしら》と思《おぼ》しき男が、ひょいと会釈している。会釈を返しながら、芳はおりょうに、

「太一ちゃん、朝餉《あさげ》は未《ま》だだすやろ？　こっちで一緒に食べてますさかいに」

と、応《こた》えた。

早朝の客ということで何か悪い知らせか、と気を揉《も》む。しかし、半刻《はんとき》（約一時間）と経《た》たずに迎えに来たおりょうに変わった様子は無く、澪も芳もほっとした。

「ああ、可笑《おか》しい」

夕餉の仕度にかかる前、つる家の板敷に座って遅い賄《まかな》いを食べていたおりょうが、何を思い出したのか、ふいに笑い出した。

種市が、熱い味噌《みそ》汁を啜《すす》りながら問うた。

「おりょうさん、えらく楽しそうじゃねぇか」

まぁ聞いてくださいよ、旦那さん、とおりょうは朗らかに答えて飯碗《めしわん》を置く。

「実は今朝、亭主の親方が見えて、教えてくれたんですよ。うちのひと、暇が出来ると新宿の水茶屋《みずぢゃや》に入り浸りで、お牧《まき》って名の茶屋娘に入れ上げてるって」

途端、種市は味噌汁を噴いた。

芳はまあ、と呆気《あっけ》に取られ、澪は両眉《りょうまゆ》を思いきり下げた。

店の表の方から、ふきが太一を呼ぶ声が響いている。ふたりで雪合戦をしているようだ。おりょうはそれに耳を傾けながら、くすくすと楽しげに続けた。

「仕事には何の障りもないけれど、仲間うちじゃあ随分と噂になってるって。親方も、変な形で私の耳に入るよりは、と思ったんでしょうよ。けどねぇ、あの無口なひとが、どうやって茶屋娘を口説いたんだろう。それを考えると、あたしゃ可笑しくて可笑しくて」

おりょうは箸《はし》を持った手で腹を押さえて苦しそうに笑う。澪と芳は黙って互いの視線を交わした。それに気付かず、種市は、

「伊佐さんの浮気が気にならないのかい」

と、目を丸くしている。

おりょうは笑い過ぎて目尻に溜《た》まった涙を指で拭《ぬぐ》いながら頷いた。

「そりゃそうですよ。大体ね、うちのは真面目《まじめ》過ぎる。よく言うじゃありませんか、男は遊ぶくらいが丁度良いってね」

おりょうさん、と芳は手にした箸を置く。

「親方はそれだけを言いに、わざわざ来はったんだすか。ほかに何ぞ……」

ああ、それがね、とおりょうはくっくと笑いを噛み殺す。

「俺が伊佐三にちゃんと言って聞かせる、女とは綺麗《きれい》さっぱり手を切らせるから短気を起こすな、って。いやだねぇ、あたしゃ、あのひとと連れ添って二十五年だよ」

今さら別れるもないもんだ、とおりょうは最後、からからと上を向いて笑った。

もしや、あの時の後ろ姿は、やはり……。

澪は、化け物稲荷で見かけたふたり連れを思い出して、くっと唇を引き結んだ。

目の下、三尺（約九十センチ）。背の群青、腹の銀、両者を分かつように目から尾にかけて黄色の帯が走る。青、銀、黄、と色彩に富む上に、目は黒く澄み、身の張りも申し分ない。

調理台に置かれた魚を見て、澪は、まあ、と感嘆の声を洩らした。

「旦那さん、見事な鰤《ぶり》だすなあ」

芳から吐息混じりにそう言われて、店主は胸を張ってみせる。

「へへっ、そうだろ？　こんな寒鰤、滅多とお目にかからねぇからよぅ」

ふきに身体を持ち上げられて、太一がおっかなびっくり、調理台の上を覗いている。その姿が何とも愛らしくて、澪は包丁を置くと、身を屈めて太一の顔を覗き込んだ。

「太一ちゃん、今日の賄いは、大根と鰤のあらで美味《おい》しいお汁を作るわね」

汁ものが大好きな太一は、うっとりと夢見心地で澪を見た。太一ちゃん、良かったね、とふきの声も弾む。

澪はふと、おりょうが居ないのに気付いて、半分開いた勝手口から外を覗き見た。おりょうは水桶《みずおけ》を手に、こちらに背を向けて立っていた。

おりょうさん、と呼びかけようとして、澪は躊躇った。首を垂れ、丸まった背中がどうにも哀《かな》しそうに映る。昨日、伊佐三の件であれほど朗らかに振る舞ってはいたのだが……。

澪はおりょうの胸中を思い、黙ってそのまま調理台の前へ戻った。

身に山葵《わさび》をちょんと載せ、小皿の醤油《しょうゆ》へ浸けると、鰤の脂《あぶら》がじわりと表面に膜を作る。その日、つる家の暖簾を潜《くぐ》ったお客は、脂の載った寒鰤の刺し身にありついて、舌鼓を打った。

「俺ぁ今、公方《くぼう》様でも食えねぇご馳走にありついてる気がするぜ」

「違《ちげ》えねえ。これで寿命が十年は延びた」

ほんのりと湯気の立つ白飯に、熱々の根深《ねぶか》汁。紅白膾《なます》には柚子をたっぷり絞ってある。どれもが気持ちの良い勢いで平らげられて、調理場へ戻される。澪は、洗う必要もないほどの状態で返された器を見る度に、胸の奥が白湯《さゆ》を飲んだ時のように仄《ほの》かに温かくなるのだ。

ほんの二年前には、深川牡蠣《かき》で土手鍋を作って、お客から罵倒《ばとう》されていたのに。

澪は当時を思い出して、ふふっと口もとを緩める。と、がちゃん、と何かが割れる音がした。

「ああ、しまった」

見ると、おりょうが這《は》い蹲《つくば》って、砕けた湯飲み茶碗《ちゃわん》を拾っている。

「ごめんよ、澪ちゃん、そっちの方まで飛ばなかったかねぇ」

「大丈夫です。それよりおりょうさんこそ、怪我《けが》はないですか」

澪も腰を落として欠片《かけら》を拾う。ごめんよ、と繰り返すおりょうの顔色が今ひとつ優れないことが気になって、澪は両の眉を下げた。


暖簾を終ったあと、芳たちが座敷を片付けている。調理場では、太一が板敷で気持ち良さそうな寝息を立てていた。

「今夜は、ますます寝酒が楽しみだよぅ」

包丁を研ぎ始めた澪の横で、種市は、布巾《ふきん》を捲《めく》って膳《ぜん》を覗き、そこに載っている肴《さかな》を確かめると、こいつぁ堪《たま》らねぇぜ、と涎《よだれ》を拭《ぬぐ》う。

「寒鰤のかまは塩焼き、尾の付け根は照り焼き。皮は酢味噌で和《あ》えてあるのか」

「旦那さん、済みません。良いところは全部お客さんに出してしまって」

身を縮めて謝る料理人に、店主は、当たり前じゃねぇか、と目を剝《む》いた。

「主がお客より良いもんを食うような料理屋なんざ、ろくでも無《ね》ぇぜ」

「ろくでも無ぇってのは」

ふいに声がして、勝手口の引き戸が外から開いた。

「この店のことか」

ひょいと顔を覗かせて、男が言った。澪の包丁を研ぐ手が止まる。その顔を見るなり、種市はひゃっと飛び上がった。

「小松原《こまつばら》さまじゃありませんか」

「うぅ、寒い寒い、中へ入れてもらうぜ」

いつもながらの、薄汚れた縞木綿《しまもめん》の袷《あわせ》の袖に両腕を突っ込んだまま、小松原は調理場へ入って来た。

「おいでなさいませ」

再び包丁を研ぎながら、自分でも意外なほどに平らかな声が出た。

幾度となく、想いを断ち切った身、と自身に言い聞かせたのだ。朗らかに、軽やかに接すれば良い。これなら大丈夫、きっと大丈夫、と澪は笑顔を作った。

「おう、相変わらず無駄に元気そうだな、下がり眉」

小松原はにやりと笑うと、板敷に上がり込む。そこに眠る幼子を見つけて、おっ、と声を洩らした。怪訝《けげん》そうな眼差《まなざ》しを澪に投げかける。

「私の子なんです。大坂からやっと呼び寄せることが出来ました」

澪が神妙な顔で応えると、途端に男ははっと身を引き、瞠目《どうもく》したままで澪と太一とを交互に見た。小松原の驚倒した姿に、種市までもが、

「そうなんでございますよ、小松原さま。これでお澪坊もやっと倅と暮らせるんで」

と、わざとらしく洟《はな》を啜《すす》ってみせた。

店主と料理人、ふたりして狼狽《ろうばい》するお客をからかうつもりだったのだが、その刹那《せつな》、おりょうが血相を変えて、調理場へ飛び込んで来た。

「冗談は止《よ》しとくれ」

身体を投げ出すように板敷の太一に覆いかぶさると、おりょうは、澪と種市とに向かって牙《きば》を剝く。

「太一はあたしの子だよ。正真正銘、あたしの子なんだ。おふざけの道具に使ってもらいたかないよ」

双眸《そうぼう》が憎しみで燃え立つようだった。そんなおりょうを見るのは初めてで、澪はおろおろと両の眉を下げ、おりょうさん、ごめんなさい、と何度も何度も頭を下げた。

おりょうは、眠っている太一を布子《ぬのこ》ごと胸に抱き締め、澪をきつく睨《にら》んだままだ。

「おりょうさん、下駄を忘れてはりますで」

芳が手におりょうの下駄を持ち、調理場へ戻った。凍りついたその場の雰囲気を和らげるように、芳は種市に話しかける。

「旦那さん、何やもう私、今夜は疲れてしもて。二階のふきちゃんの部屋に泊めてもろてもよろしおますか」

店主が、ああ、と頷くのを待って、芳はおりょうの肩にそっと手をかけた。

「おりょうさんも一緒に泊まっておくれやす。太一ちゃんもよう寝てるし、このまま二階へ上がらしてもらいまひょ」

芳に顔を覗きこまれて、おりょうは、泣きだしそうに唇を捻《ね》じ曲げた。そうして太一を抱きながらよろよろと立ち上がり、芳とふきに付き添われ、調理場を出ていく。あとを追おうとする澪を、芳が眼差しで制した。

苦い沈黙のあと、種市が澪に向き直る。

「お澪坊、悪いがあとを任せて良いかい？　俺ぁ、ちょいと二階を覗いて来るよ」

店主が去り、ふたりきりの調理場で、澪はしょんぼりと肩を落としたまま、酒の仕度にかかった。小松原は火鉢を引き寄せて、両の手を焙《あぶ》っている。

太一の身の上を思えば、あれは、してはいけない悪ふざけだった。おりょうの怒りは尤《もっと》もだ、あとで心から詫びよう。

何とか気持ちに区切りをつけると、澪は、燗《かん》の具合を見る。外は強い風が吹いているらしく、軒に干したままの笊《ざる》が、壁に当たってかたかたと鳴った。

「明後日《あさって》はもう師走《しわす》か、一年は早いな」

澪が注《つ》いだ酒を、男はひと息に呑《の》み干すと、ほっと息を吐いた。何時の間にか、店主用の膳の布巾が剝《は》がれている。種市が楽しみにしていた肴をちゃっかり食べてしまうつもりらしい。箸を手に取り、照り焼きを旨《うま》そうに頰張る男の姿に、萎《しぼ》んでいた心が少しばかり膨らむのを感じた。

「先ほどは済みませんでした」

澪が詫びると、小松原は盃を手に、詫びる相手が違うぜ、と素っ気ない。

「何かわけのある親子なんだろう。でなけりゃあ、あれしきの冗談であぁまで怒るまいよ。まあ、俺には関係ないし、興味もないが」

かまの塩焼きに、箸が伸びる。口に入れた途端、目尻に皺がぎゅっと寄った。

澪は、その皺をじっと見つめる。そう言えば、と小松原は思い出したように呟いた。

「つる家の茶碗蒸しが料理番付に載ったのは、確か去年のことだったな」

「はい。師走の一日でした」

忘れられるはずもない。あの番付表をきっかけに、色々なことが起こったのだ。

澪は、差し出された盃に酒を満たしながら、怒濤《どとう》の一年を思う。

小松原は、酒を口に運びかけて、ふと、その手を止めた。

「例年通りだと、明後日に新しい番付表が売り出されるはずだが、はて……」

ふうむ、と暫《しば》し思案の末、澪を見た。

「もしかすると、今年は、番付の売り出しはなくなるかも知れぬな」

そんな、と洩らして、澪は眉を下げた。

「一体、どうしてですか」

この一年、忍《しの》び瓜《うり》にう尽くし、菊花雪《きつかゆき》と評判を呼んだ料理を生み出した。読売では菊花雪が登龍楼《とりゆうろう》と大関位を競う、とまで書かれたのだ。それなのに、一体、何故。

澪の戸惑いを見抜いたのか、小松原はほろりと笑ってみせた。

「世間の評判を取る料理を作り過ぎたのだ、つる家も登龍楼も。それ故、票が割れて順位が付けられないのだろう」

「登龍楼はどんな料理を？」

日々の調理に夢中で、ほかの料理屋の評判料理を全く知らないことを恥じながら、澪は小松原に尋ねた。男は記憶を引き出すように、視線を天井に向ける。

「夏は鮎《あゆ》の涼流し、秋は吹き寄せ茸《きのこ》、と相変わらず洒落《しゃれ》た名が付いている。この季節は瑞雪《ずいせつ》、と名付けられたみぞれ汁が評判だ」

みぞれ汁、と繰り返して考え込む娘に、小松原はこう続けた。

「皮を剝いた蕪《かぶ》を粗く卸して水気を切り、出汁《だし》に入れた吸い物だ。蕪を卸す、という発想が新しい」

蕪を卸す、と小さく呟いて、澪は唇を噛む。

まさにそれは澪が思いついたことと同じだった。だが、吸い物では卸した蕪の魅力は存分には伝わらない。そう、あの「里の白雪」でなければ……。

小松原は澪の葛藤《かっとう》に気付かずに、考え込む。

「せっかく蕪を卸すことを思いついたのだ、今ひとつ工夫すればもっと旨い料理に出来るのではないか。それに蕪は胃の腑《ふ》を温め、口の渇きを癒《いや》す、と」

確か陶斉《とうさい》もそう申しておった、と小さく独り言を添えた。あまりに微《かす》かな声ゆえに、その独り言は澪の耳には届かない。澪はただ、目の前の男に件《くだん》の蕪料理を食べてもらえないことが残念でならなかった。

勝手口を出ると、忽《たちま》ち吐く息が凍りつく。ううっ、と男は寒そうに身震いした。

「酒で温《ぬく》もったのが却って徒《あだ》だな」

「小松原さま、いつまで袷のままなんですか。風邪《かぜ》を引きますから綿入れを着てください」

澪の言葉に、小松原は振り返り、口煩《くちうるさ》い母親のようだな、とにやりと笑った。

「お澪坊、小松原さまはもうお帰りになっちまったのかい」

調理場から種市の声がする。澪がそれに応えようとした時、

「ああっ、塩焼きも酢味噌和えも無ぇ、照り焼きなんざ煮汁まで無くなってる。何てこった、俺の楽しみが全部食われちまってるじゃねぇか。こいつぁあんまりだよぅ」

と、店主の悲鳴が聞こえた。

小松原はひょいと首を竦《すく》めて、逃げるように帰っていった。

行灯《あんどん》の明かりが、ふきと太一の寝顔を仄かに照らしている。芳はふたりが寒くないように夜着の肩口を優しく押さえてやっていた。

「おりょうさん、どうか堪忍してください」

部屋へ入るなり、澪は畳に額を擦りつけて、おりょうに詫びた。

「太一ちゃんに心無いことをしてしまって」

「違うんだよ、澪ちゃん」

掠《かす》れた声で言い、おりょうは澪の手を取る。

「普段なら笑い飛ばせることなのに、今日のあたしはどうかしてたのさ。謝るのはあたしの方だよ」

許しとくれ、とおりょうは幾度も繰り返した。

そんな風に謝られれば謝られるほど、澪は申し訳なさで眉を下げるばかりだった。

翌朝。

凍《い》ては一層強く、つる家の勝手口の庇《ひさし》にも幾つも氷柱《つらら》が下がった。それを箒《ほうき》の柄で落としていると、背後から肩を叩《たた》かれた。

「伊佐三さん」

荒い息を吐き、激しく肩を上下させている男の姿に澪は驚き、店の中へ声を張った。

「おりょうさん、伊佐三さんが」

その声に、太一とおりょうが転がるように現れた。おりょうは掃除の途中か、雑巾《ぞうきん》を手にしたままだ。

「お前さん、一体どうしたのさ」

「どうしたもこうしたも」

飛びついて来た小さな倅の頭をぐりぐりと撫でながら、伊佐三は険しい目でおりょうを見た。

「黙って家を空けるたぁ、どういう了見だ」

「太一ちゃん、水を汲《く》むのを手伝って」

険悪な雰囲気をいち早く察したのだろう、ふきがさり気なく太一の手を取った。太一は母親と父親を交互に見て、顔をくしゃつかせると、ふきに従った。

まあまあ、伊佐さんよぅ、と遅れて顔を出した店主が、

「こんなとこじゃ話も出来ねぇよ」

と、男の腕を引っ張り、内所《ないしょ》へ導いた。

澪と芳がそれぞれ準備に追われる中、半刻ほど内所の襖《ふすま》は閉じられたままだった。幼心に不安を感じるのだろう、水汲みから戻ったあと、太一は内所の襖の前で、膝《ひざ》を抱えて動かない。

「太一」

話が済んだのだろう、襖を開けて出て来た伊佐三は、そこに息子が居ることに驚いて、ひょいと抱き上げた。

「おっ、こいつ、重くなりやがった」

口をへの字に曲げているのを見て、伊佐三は、太一を一層高く抱き上げると、優し

く揺さぶった。父と子はそれだけで気持ちが通じたのだろう、太一に笑顔が戻る。

「ご寮さん、澪ちゃん、それにふきちゃんも。この通りだよ」

おりょうは、三人に手を合わせてみせた。

朝から騒がせちまって、と伊佐三も言葉少なにいうと、頭を下げる。

「伊佐さんは、このまま新宿へ戻るそうだから、おりょうさん、太一坊とそこまで送ってやんなよ」

種市に言われて、おりょうは、はにかみながらも嬉しそうに頷いた。

太一を真ん中に挟んで、伊佐三とおりょうが俎橋《まないたばし》を渡っていく。それを店の表で見送りながら、種市がぼそりと言った。

「伊佐さんもなぁ、無口にもほどがあるぜ。半刻の間、しゃべるのは俺ばっかりで、あとは何を聞いても、『心配するようなこたぁ何も無ぇ』の一点張りだ」

「それでも」

家族の背中を、芳は目を細めて眺める。

「伊佐三さんが心配して、血相変えてここに来てくれはった。おりょうさんにはそれだけで充分嬉しいんだすやろ」

芳の言葉通り、伊佐三を見送って戻ったおりょうの顔は、ここ数日とは見違えるほど明るかった。おりょうに笑顔が戻れば、自然につる家の中も陽《ひ》が差したように活気づく。

「おいでなさいませ」

元気よくお客を迎えるふきの声が響いて、つる家の商いが始まった。


「ふん、茶碗蒸しか」

食べ飽きた、という顔で清右衛門が匙《さじ》を口に運んでいる。その隣りで坂村堂が丸い目をきゅーっと細めて、実に幸せそうに同じく茶碗蒸しを食べていた。その様子を見て、つる家の面々は安堵したように顔を見合わせる。戯作者と版元の姿が揃《そろ》ったことが何より喜ばしかった。ことに澪は、ふたりの仲が戻ったことが嬉しくてならない。

「つる家の料理はどれも美味しいのですが」

坂村堂が、うっとりと言う。

「やはり私にとっての一番は、この茶碗蒸しです。これほど幸せを感じる味はありません」

ふん、と清右衛門が、また大きく鼻を鳴らす。

「料理番付では所詮《しょせん》、関脇の味だ。大関位の登龍楼には敵《かな》うまいよ」

憎まれ口を叩きながら、茶碗蒸しの器の底の底まで匙で攫《さら》えている戯作者である。

一同、俯いて笑いを堪えた。

「料理番付と言えば」

坂村堂が、思い出したように匙を止める。

「本当なら明日、売り出されるはずが、今年は見送りになるそうですよ」

ええっ、と種市が身を乗り出した。

「そりゃあ本当のことですかい、坂村堂さん」

「理由は明らかにはされていませんが、そのように聞いていています。私も楽しみにしていたのですが」

坂村堂からそう聞かされて、種市は落胆を隠せない。

「そんな……。今年は菊花雪あたりが登龍楼を負かしてくれるもんだとばかり」

明日の朝一番に浅草まで出かけて、料理番付を買うつもりだったのに、と店主は肩を落とした。


師走、一日。

諦《あきら》めきれない種市が、早朝から浅草へ行き、暖簾を出す直前になって手ぶらで戻った。打ち萎れた姿があまりに気の毒で、誰も声をかけられないほどだった。

「大丈夫かねぇ」

おりょうがお茶の用意をしながら、澪に耳打ちする。種市は、腑抜けたように板敷に座ったまま動かない。種市にしてみれば、今は亡き愛娘《まなむすめ》、おつるにちなんだ店名が番付表に載ることを、どれほど楽しみにしていたか知れないのだ。澪は申し訳ない気分になって、両の眉を下げた。

その日、つる家のお客たちの間でも、料理番付は、ちょっとした話題になっていた。

「番付が出ないとは、がっかりだ。俺ぁ、今年はこの店が、登龍楼を負かして大関位を射止めると思ったんだがな」

「そうとも。年初めの酒粕《さけかす》汁から始まって、忍び瓜にう尽くしに菊花雪、と旨いものが目白押し。俺も断然、つる家が大関と決めてかかってたぜ」

座敷のあちこちでそんな声が上がり、昼餉時の混雑が終わる頃には、さすがの種市も少しばかり元気になった。

新たなお客が暖簾を潜ったのは、折しもそんな時だった。

「おいでなさいませ」

ふきの声に出迎えられて暖簾を潜ったお客を見て、座敷に残っていた男たちがざわめいた。一粒鹿子《ひとつぶかのこ》に黒繻子《くろじゅす》の襟をかけ、帯は萌黄《もえぎ》博多。如何《いか》にも姿の良い女だ。年は二十二、三。赤い紅を引いた口もとが、何とも爽《さわ》やかな色香を漂わせている。

女は土間で遊んでいる太一に目を止めると、にこやかに立ち止まった。しゃがみ込んで太一の顔を覗き、

「可愛いわねぇ、坊や、名前は？」

と、問う。太一は立ち上がってふきの後ろへ隠れた。

「お食事ですかい？」

種市が鼻の下を伸ばしながら声をかけ、女を座敷へと案内した。

女の動くあとを、男たちの視線が追う。だが若い女は軽い含み笑いを返すと、何でもない顔で席に着いた。

「時代なのかねぇ」

料理を運び、調理場へ戻ったおりょうが、しきりと感心してみせる。

「女の身でひとりきり、料理屋にご飯を食べに来るだなんて、あたしには考えられないよ」

「伊勢屋《いせや》の美緒《みお》さんもいらっしゃいましたよ」

「あれは世間知らずがなせる業《わざ》。座敷を覗いてご覧な。堂々としたもんさ。若いとは

いえ、それくらいの分別はある歳《とし》だと思うんだがねぇ」

おりょうに言われて、澪は汚れた器を洗う手を止め、ひょいと座敷を覗き見た。

おちょぼ口を開けて、女が茶碗蒸しを食べている。百合根《ゆりね》が嫌いなのか、匙で掬い取ったのを膳の隅に無造作に捨てた。勿体ない食べ方を、と澪はしげしげとその横顔を見て、あらっ、と首を捻《ひね》る。

何処かで見知ったような、知らないような横顔……。

「澪ちゃん、どうかしたのかい？」

「横顔しか見えないので何とも言えないんですが、何処かで会ったかも知れません」

躊躇いがちに、そう答えた。

おや、そうなのかい、と言いかけて、おりょうは、女がお茶を飲み干したのに気付くと、土瓶を手に慌てて座敷へ向かった。

二階座敷にほかにお客の姿が無くなるまで、女は幾度もお茶のお代わりをして、ゆっくりと過ごした。太一が下足棚の陰でひとり遊んでいるのを、目を細めて眺めているところを見ると、子供好きなのかも知れない。

「ちょいと」

女はおりょうを呼び止めて、尋ねた。

「可愛い坊やだこと。お前さんのお子さん?」

おりょうが嬉しそうに頷いてみせると、女は、そう、と帯の間から巾着を取り出す。

「これ、少しだけど、坊やに飴玉《あめだま》でも買ってあげてくださいな」

差し出された小粒銀を見て、おりょうは当惑する。事情を飲み込んで、種市が、

「おりょうさん、ありがたく頂戴しときな」

と言い、女に向かって、ありがとうごぜぇやす、と頭を下げた。

女は、最後にもう一度お代わりしたお茶をぐっと干すと、呑んでもいないのに、酔ったような足取りで店を出ていった。注文が途絶えたので、座敷を手伝いに来た澪は、その足取りに目を止めて、あっ、と思った。

ふいに、化け物稲荷の前で見た、伊佐三そっくりの後ろ姿の男と、その男にしなだれかかる女の姿が浮かんだ。

「おや」

膳を下げようとして、おりょうは声を洩らす。先のお客の席に、何かが落ちていた。拾い上げたおりょうの手もとを、店主と芳が両側から覗く。

掌にすっぽりと収まる、薄い板状の容器。表面には漆で南天の装飾が施されていた。

「紅板《べにいた》だすやろ」

中に紅が塗りつけてあって出先で手軽に化粧を直せる道具——そう芳から教わって、

「忘れ物だろうから、ちょいと届けて来ますよ。志もらっちまったし」

と、おりょうは、急いで座敷を下り、店の表へ出た。

何とも表現し難い、嫌な予感がする。

澪は咄嗟《とっさ》に手にした膳を放すと、おりょうのあとを追って店を飛び出した。


飯田川を挟んだ向こう側に女の姿が見える。

おりょうは勾配《こうばい》のある俎橋を小走りで渡り、澪はそのあとに続いた。

「お客さん、忘れ物ですよ」

おりょうが呼ぶと、女は足を止めて振り返った。

はい、と息を切らせながら紅板を差し出すおりょうに、女は、ああ、と短く応えたものの、受け取る気配はない。おりょうは澪と顔を見合わせ、首を傾《かし》げながらも再度、女の顔の前へ紅板を差し伸べた。女は広げた掌で軽く押し返しながら言う。

「差し上げますよ。どのみち、そのつもりで持って来たんだし」

「え？」

おりょうが、怪訝な顔で女を見た。

女は袖をひらひらさせながら、つまらなそうに続ける。

「おりょうさんは知らないでしょうが、それ、寒紅なんです。丑の日に寒の水で仕込んだ紅は色が綺麗で、唇の荒れにも効くんですよ」

おりょうはますます戸惑って、手にした紅板と女とを交互に見た。見かねて澪が、

「一体どういうことでしょうか」

と、脇から女に問いかけた。

だが、女の視線は、おりょうに注がれたまま微動だにしない。

「伊佐さんから聞いたんですよ。うちのは紅ひとつ差さない、つまらない女だって」

口が「あ」の形にあいたまま、おりょうの手から、かたんと紅板が落ちる。華奢《きゃしゃ》な作りのそれは、地面に落ちるとふたつに割れた。

「あんた……もしかして、お牧って名じゃあ」

「あら、伊佐さんが教えたんですか？」

お牧は、艶《つや》やかに赤く染めた唇を綻《ほころ》ばせる。おりょうの顔から血の気が引いたのを確かめると、まあまあ勿体ない、と楽しげに割れたものを拾い上げた。

「これじゃあ使い物にならないわね」

真っ二つになったものをこれ見よがしに示すと、川へ投げ捨てた。紅板は二、三度

浮き上がってから水底へ沈んでいった。

女は、ゆっくりとおりょうに向き直る。挑むような目つきだ。

「伊佐さんは、あたしの良いひとさ。おりょうさん、あんた、伊佐さんと別れとくれでないか。あのひとは、あんたにゃ勿体ないよ」

「お前はん、てんご（悪ふざけ）言うのも大概にしなはれ」

お牧のあまりの言い草に、思うよりも口の方が先に動いた。澪は、おりょうを背中に庇うように前へ出る。

「伊佐三さんとおりょうさんは傍目《はため》にも仲のええ夫婦だすのや。それを引っかき回すような真似《まね》して、恥ずかしないんだすか」

「だすだす言われてもわからないねぇ。ここは江戸なんだ、江戸の言葉で話しておくれな」

お牧は鼻で笑ってみせて、初めて澪を真っ直ぐに見た。

「あんた、男を知らないだろ？」

虚を衝《つ》かれて、澪は目を剝いたまま固まる。

それが可笑しいのか、女は背中を反らせて笑い転げた。ひとしきり笑い転げると、

「色恋も知らない小娘に説教される覚えはないよ。邪魔だから退《の》いとくれ」

と、邪険に肩を押した。そしておりょうの前へ出ると、その腕に縋った。

「ねぇ、お願いだよ、後生だから伊佐さんと別れておくれな。あたしなら、伊佐さんの子供を生んであげられるんだよ。あのひとの血を分けた本当の子供をね」

「おりょうさん、顔色が悪いぜ、大丈夫か」

澪が外の井戸端で鍋《なべ》を洗っていると、調理場の方から、店主の心配そうな声が聞こえて来た。

「無理しねぇで、今日はもう上がった方が良くないか？」

「そうさしてもろたらどうだす？」

芳の優しい声も届く。

簓《ささら》を持つ手に力を込めて鍋の底を洗いながら、澪は腹が立ってならなかった。いつものおりょうさんなら、威勢良く啖呵《たんか》のひとつも切っているはずなのに。口も利けずに呆然《ぼうぜん》と立ち尽くす姿が、あまりにも不甲斐《ふがい》ないように思われた。他人の自分でさえ、あの女が「伊佐さん」と呼んだだけで、伊佐三が汚《けが》されるように感じるのに。

澪は気を落ち着かせるため、深く息を吐いた。勝手口の内側では、おりょうが太一を連れてひと足先に上がる算段が整いつつあった。

その日の夕餉時には、料理番付が出ないことを惜しむお客たちが大勢押し掛け、おりょうが抜けたことできりきり舞いしたが、何とか無事に暖簾を終うことが出来た。

店主とふきに送られて店を出て、月の無い道を芳とふたり、金沢町めざして歩く。道中、澪は、昼にあったことを芳に話した。時折り、相槌《あいづち》を挟みながら耳を傾けていた芳だが、お牧の最後の台詞《せりふ》に至ったところで、ぴたりと足を止める。

暫く絶句したあと、声を絞った。

「酷《むご》いことを」

ほんに酷いことを、と重ねる。怒り、というよりも、深い哀しみが滲《にじ》む声だった。

澪はどう応えて良いのかわからず、手にした提灯に視線を落とし、黙った。

提灯の火が足もとの、消え残り踏み固められた凍て雪を照らす。芳はその雪にじっと目を向けていたが、漸く澪を促して歩き始めた。

神田川にかかる昌平橋《しょうへいばし》をゆっくりと渡る。橋上は一層冷え込み、白く凍えたふたつの息を川風が絡め取っていく。橋半ばまで来た時に、芳が重い口を開いた。

「嘉兵衛のもとへ嫁いだんは、私が十五の時。佐兵衛《さへえ》が生まれたんは、二十歳《はたち》の時や。嫁してから母親になるまでの五年の歳月は、私には途方もないほど長かった」

一日も早く天満一兆庵の跡取りを、という周囲の重圧もあった。だが、一番は嘉兵衛と自身の血を分けた子を、この腕に抱きたかったのだ。

「世の中には、次々と子宝に恵まれるひともあれば、それが叶えられんひともある。たとえ数年でも、子が欲しいと願い続けて叶えられん辛さは、この身に沁《し》みた。ほんに骨の髄まで沁みたんや。おりょうさんが同じなら、どれほど辛いことやろか」

あの時、お牧から言いたい放題言われながら、声もなく立ち尽くしていたおりょうの姿が浮かぶ。澪は初めて、おりょうがどれほど深く傷ついたのかを知った。

お牧から「色恋を知らない」となじられたが、知らないのは色恋ばかりではない。身近なひとが抱え持つ、哀しみや苦しみを忖度《そんたく》出来ない。そんな自身の至らなさに、忸怩《じくじ》たる思いで胸が詰まった。

翌朝。

澪が井戸端で顔を洗っていると、おりょうが水桶を手に部屋から出て来た。

「澪ちゃん、お早うさん」

声は晴れやかなのだが、目が赤い。お早うございます、と澪も明るく返した。

「昨日は勝手して悪かったねぇ。勝手ついでに、お願いがあるんだよ」

声を落として、おりょうは手を合わせてみせる。

「今日、つる家に行く前に、源斉先生のところへ寄りたいのさ。太一はご寮さんに頼もうと思うんだけど、澪ちゃんには、少し遅れることを旦那さんに詫びておいてもらえないかねぇ」

「それは構いませんが、おりょうさん、どこか具合が悪いんですか?」

両の眉を下げて尋ねる娘に、おりょうは慌てて手を振って見せた。

「いえね、昨日一晩考えたんだけど、一度、太一の声のことを源斉先生に相談してみようと思って」

これまで散々、色んな医者に診《み》せて来たが、誰も首を捻るばかり。麻疹を治してくれた源斉ならば、と今さらながら思い至ったのだという。

「あたしゃ太一の母親なんだから、何とか声を戻してやりたいのさ」

おりょうは自分に言い聞かせるように、ゆっくりとそう言った。

調理台の上に荒縄で括られた魚が横たわっている。その受け口のおっとりした顔を見て、澪は、嬉しさのあまり、ぱんと手を叩いた。三尺に少し足りないが、見事な荒巻き鮭《ざけ》だ。

「この冬、初めての荒巻きだぜ。ちぃと値は張ったが、なぁに、構うこたぁねぇや」

種市が、えへんと胸を張っている。

「この鮭を見たら、ようよう、年の瀬が近いて、思うようになりましたなあ」

芳が感慨深げに言い、澪も大きく頷いた。

大坂では、年末年始に欠かせない「年取り魚」は鰤《ぶり》であった。塩鰤を吊《つ》るして少しずつ身を削《そ》いで食べるのだ。対して、江戸の「年取り魚」は鮭である。吊られた荒巻き鮭の姿は、師走の街の風物詩だった。鮭を見て年の瀬を思う、ということはそれだけ江戸の暮らしに馴染んで来た証《あか》しだろう。澪は縄を外しながら、妙にしんみりしてしまった。

そんな澪の思いを察したのか、種市が、

「お澪坊の酒粕《さけかす》汁を待ってるお客は多いんだ。とびきり旨《うめ》ぇのを頼んだぜ」

と威勢よく言った。

器は前もって湯に浸けて、温めておく。布巾で水気を拭い、そこへ煮えばなの酒粕汁を装う。すると、寒さで凍えながら入って来た者は、器を両手に持って暖を取ることが出来るのだ。僅《わず》かな手間だが、こうした心遣いがお客を喜ばせた。

拍子木に切った大根と人参《にんじん》。ちぎった蒟蒻に小口切りした葱。刻んだ油揚げ、それに鮭。つる家のお客たちは箸で摘んだ具を口に運ぶ度、酒粕の融け込んだ汁を啜る度、小さく溜め息をつく。

「まったくよぅ、どうしてこんなに旨ぇのか」

「嫌になるほど寒い冬も、こうしてここで酒粕汁を食えるとなると、悪くねぇや」

違ぇねぇ、と見知らぬ者同士が頷き合っている。間仕切りからその様子を見て、澪は、ありがたくて胸が一杯になった。寒い冬を元気で過ごしてもらえる美味しい料理をほかにも考えよう、と思う。

茶碗蒸し、酒粕汁、雪見鍋——これまで評判を取ったのは、湯気の立つ汁のものばかり。汁もの以外で、何か、と。

ふわりと鼻の奥に、懐かしい酢の匂いが蘇る。

ああ、これは亡き母の、と思い出を辿りかけたその時、勝手口ががたがたと鳴った。

「堪忍しとくれ、こんなに遅くなって」

俯いたまま、おりょうが入って来た。その名を呼ぼうとして、澪は口を噤《つぐ》む。泣いたあとらしく、目の周囲が赤く腫《は》れていた。

おりょうは、流しに重ねられた器に目を向けると、

「すぐに洗うからね」

と、袖を絡《から》げて襷《たすき》をきりりと結んだ。

「源斉先生がねぇ」

澪に背中を向けたまま、聞かれてもいないのに、おりょうは歌うように言う。

「太一の声がいつ戻るのか、わからない、ってさ。あんな名医でもわからない、てことがあるんだねぇ」

あたしゃ、可笑しくて笑っちまったよ、と朗らかに笑う声が、徐々に嗚咽《おえつ》に変わる。澪は胸の痛みを堪え、おりょうさん、と小さく呼ぶ。しかし、続いてかけるべき言葉が何も見つからず、項垂《うなだ》れるばかりだ。

「大丈夫、あたしゃ大丈夫だよ、澪ちゃん」

ありがとね、とおりょうは気丈に言うと、涙を手の甲で拭って器を洗い出した。

その日、商いが終わり、包丁の手入れを済ませた澪は、勝手口から表へ回り、軒先に煮洗いした布巾を干した。何気なく入口から店の中を覗くと、ふきが下足棚に隠れるようにして立っているのが目に入った。その視線の先を辿る。二階へ続く階段に座るおりょうと太一母子の姿を、掛け行灯《あんどん》の火が、うっすらと映し出していた。

「太一、母ちゃんって呼んでみな」

おりょうの優しくあやすような声。しかし太一は何も応えない。ただ、母親の顔をじっと見ているだけだ。

太一、ごめんよ、とおりょうは低く呼んで、その小さな身体を胸に抱き寄せた。

おりょうと芳が並んで歩く、その少しあとを、澪は太一を負ぶってついていく。澪の背中で、太一はすやすやと気持ち良さそうに眠っていた。

月の姿はなく、代わりに数多の星の瞬きで天は明るい。

「うちのは私より五つも下でねぇ。あたしの方が惚《ほ》れて惚れて、無理言ってお嫁にしてもらったんだ。あたしが二十五の時のことさ」

音のない路地、おりょうの沈んだ声が、澪の耳に届く。

「所帯を持って、じきに身ごもったんだ。あのひとは、そりゃあ喜んでくれてねぇ。なのに、あたしの不注意で流れてしまったんだよ」

それきり二度と子宝に恵まれることはなかった、とおりょうは掠れた声で結ぶ。

芳は安易に慰めの言葉を口にしなかった。ただ、そっとおりょうの背中に手を添えて、黙って歩く。それだけでおりょうがどれほど慰められているか、あとを行く澪にも伝わるようだった。

ご寮さん、ありがとう、とおりょうは滲んだ声で言って頭を下げると、

「けど、太一のおかげで、あたしたちは親にしてもらえた。だからなおのこと、あの

子の声を何とか、と、この頃、とても強く思うのさ」

と、添えた。

金沢町の裏店はすでに眠りの中にあった。星原下、家の輪郭が黒々と浮かぶ中に、細く灯《あか》りの洩れる部屋がある。伊佐三おりょう夫婦の住まいだった。

おりょうは芳と顔を見合わせると、慌てて駆け寄り、板戸に手をかけた。

「お前さん、それに親方も……」

入ってすぐの板敷に、伊佐三と親方とが座り込んで、酒を酌み交わしていた。

おりょうの姿を見て、親方は立ち上がる。

「おりょうさん、心配かけたな。男なんてもんは仕様が無ぇ。出来た女房が居ても、他所《よそ》に目が向くこともあらぁ。だが、伊佐には俺がよく言い含めておいた。安心してくんな」

親方、待っておくんなさい、と伊佐三は茶碗を置いた。

「普請場で色々噂になっちゃあいますが、ちょいと違うんで」

「またぞろそれかい、男らしく無ぇ野郎だ。だったら、朝な夕な普請場を抜けて何処へ通ってるのか、はっきり言ってみやがれ」

親方にじろりと睨まれて、伊佐三は唇を噛んで顔を背ける。

それ見ろ、と舌打ちすると、

「新宿の普請場へはほかの者を回すことに決めたから、今回だけは堪えてくんな」

と、親方はおりょうに軽く頭を下げる。それを聞いて、伊佐三は腰を浮かせた。

「新宿の普請はあっしが望んで受けたんだ。泊まりが駄目ってんなら、ここから通いますぜ」

馬鹿を言え、と親方は目を剝いた。

「片道二刻(約四時間)は要る。そんだけかけて通っちゃあ、仕事になるめぇよ。伊佐、とにかく手前は新宿の普請から手を引け」

夜分に邪魔したな、と親方はおりょうに言うと、急ぎ足で帰っていった。

「澪ちゃん、重かったろう。済まなかったね」

おりょうは洟を啜り上げながら、澪の背中から太一を抱き上げた。

深夜。

澪は夜着に深く潜りながら、ほっと小さく息を吐く。とにもかくにも伊佐三が家に戻ったのだ。これでおりょうも大丈夫だろう、と。

ふと、親方の言葉を思い返す。お牧のように若く、美しく、自信に満ちた女に体当たりされれば、男は脆《もろ》いのかも知れない。

「伊佐三さんは、そないなひとと違うと思てたんやけどなあ」

澪の心を見透かしたように、芳が小さく呟いた。


お前さん、何もこんなに早く……。

そんな無茶ですよ。

夢現《ゆめうつつ》に、そんな声が聞こえる。

「あんまりだよ、お前さん」

泣き出しそうなその声がおりょうのものとわかって、澪ははっと半身を起こした。

外はまだ暗い。だっだっだ、と勢いよく地面を蹴る音が、安穏な朝を破る。地響きは路地を抜けて徐々に遠ざかり、替わりに、押し殺したようなおりょうの泣き声が聞こえた。

芳も目覚めたらしく、闇《やみ》の中で動く気配があった。

「伊佐三さん、ほんまに新宿まで通いはるつもりなんやなあ」

重い溜め息とともに、芳が低く嚙いた。

その日を境に、伊佐三おりょう夫婦の仲は目に見えておかしくなった。伊佐三は、まだ夜も明けやらぬうちに家を出て、夜は木戸が閉じたあとでないと戻らない。おりょうは、つる家では気丈に明るく振る舞ってはいるが、次第に覇気が削がれていった。

「ほら、太一ちゃん、あんなに高いところに」

ふきが太一に、つる家の二階屋根まで伸びた竹竿《たけざお》を差し示す。竿の先には目籠《めかご》がひとつ、まだ曙《あけぼの》色が残る空に向けて括りつけてあった。先ほどから伊佐三が一階の庇に足をかけて、竹竿を縄で固定する作業を続けている。

師走八日のこの日は「お事始め」で、江戸の町は迎春準備に入る。魔除《まよ》けのため、こうして目籠を家の屋根よりも高く掲げるのが、江戸庶民の慣《なら》わしだった。

「老いぼれにゃあ高いとこは無理なんで、伊佐さんが来てくれて本当に助かったぜ」

無事に作業を終え、ひょいと下りて来た伊佐三に、種市は丁寧に頭を下げた。

「中に少しだが酒の用意がある。普請場へ行く前に軽く温《ぬく》もってってくんな」

「いや、悪いが」

断ってすぐにも行こうとする伊佐三の腕を、しかし種市はしっかりと捉える。そうして無理にも調理場へと引っ張った。

「伊佐さん、俺が何を言うつもりか、もうわかってんだろ?」

板敷に座るなり、種市は伊佐三に詰め寄る。伊佐三は難しい顔で黙り込んだままだ。

「伊佐三さん、盃を取ってくださいな」

熱くしたちろりを示す澪に、伊佐三は、いや、いい、と掌を向けて制する。代わりに種市が澪に酌をさせて、ひと息に呑み干した。

「俺だって男だ。浮気はならねぇ、だなんて野暮は言わねぇよ。けど、このままじゃあ、あんまりおりょうさんが気の毒で見ちゃいられねぇ」

盃を盆に戻すと、種市は畳に両手をついた。

「伊佐さん、新宿の女とはすっぱりと手を切ってくんな。この通りだ」

板敷に額を擦りつける店主の姿を、伊佐三は暫く黙って見ていたが、難しい顔をしたまま、土間へ下りた。

「お前さん」

間仕切りの向こうに控えていたおりょうが、調理場へ駆け込んで、伊佐三に縋る。

「お願いだから、新宿には行かないどくれ」

その手を振り解《ほど》いて、男は無言のまま勝手口から出て行った。うわっと泣き崩れるおりょうに、芳が駆け寄った。澪は慌てて、伊佐三のあとを追い駆ける。

「伊佐三さん、待って」

裾の乱れも気にせずに澪は駆け、俎橋の手前で伊佐三に追い付いた。前に回って、両手で伊佐三の身体を押さえる。

「退いてくれ。俺ぁ、急ぐんだ」

新宿に着くのが遅くなっちまう、とぶっきら棒に言う伊佐三に、澪は強い口調で返した。

「このままでは、おりょうさんが壊れてしまいます。伊佐三さん、それで良いの?」

澪にじっと見つめられて、伊佐三は視線を外す。何時の間にそこに来たのか、太一が伊佐三の脇に立ち、小さな手で父親の袖を摑んでいた。それに気付き、伊佐三は地面に片膝をつく。太一、と低い声で呼んで、伊佐三は息子の顔を覗き込んだ。その華奢な身体をぎゅっと抱き締めると、気持ちを振り切るように立ち上がる。そうしてやはり何も言わずに大股で俎橋を渡っていった。

父親の背中に向かって、太一は出ない声を絞り出そうともがく。だが、声は出ずに息だけが妙な音で洩れるばかり。澪は見かねて、太一を後ろから抱き留めた。

おりょうがその話を切り出したのは、翌日の夜のことだった。

「旦那さん、暫くふきちゃんの部屋に太一とふたり、寝泊まりさせてもらえませんか?」

あたしはともかく、このままじゃ太一がおかしくなってしまう、とおりょうは両手で顔を覆った。

芳から目くばせされて、澪は板敷に寝かされている太一をそっと抱き上げた。そして、ふきちゃん、と小さく呼ぶ。ふきが先に立って、調理場を引き上げ、二階へ向かった。

太一を布団に寝かせる時、その額に巻いた晒しに血が滲んでいるのに気付いた。澪はきゅっと唇を噛むと、太一を起こさないように慎重に晒しを外して、新しいものと取り換えた。作業を見守っていたふきが、太一ちゃん、可哀そうに、と呟く。

夜明け前に家を出る伊佐三の目の前で、太一はわざと柱に頭をぶつけた、と聞く。自身の身体を傷つけることで父親を引き止めよう、とするその心根があまりに哀しい。そんな太一を振り払ってまでも新宿に通う伊佐三の心が、澪にはわからなかった。

その夜、おりょうは太一とともにつる家に泊まり、澪は芳とふたりで裏店に帰った。深夜、井戸端で水を使う音を聞き、向かいの部屋の板戸が軋《きし》む音を聞いた。澪は夜着の中で身を縮めて、怒りと哀しみに耐えた。

頬にあたる風が痛い。これまでの寒さが手ぬるく感じるほどの凄まじい凍てで、その朝は始まった。頰を手で擦りながら、つる家に飛び込むと、丁度、おりょうが太一に綿入れ半纏《はんてん》を着せかけているところだった。

「風邪を引いちゃあ大変だからね」

古着屋で見つくろって来た、という半纏は褪《あ》せた臙脂《えんじ》色で、太一を女の子のように見せていた。

「太一ちゃん、可愛いわ」

澪に頭を撫でられても、太一は唇をへの字に曲げたまま俯いている。

おりょうは小さく息を吐くと、

「今日は風が強いから表へ出ちゃ駄目だよ」

と、太一に言って聞かせた。

昼餉時。澪は酒粕汁の器だけではなく、湯飲みも飯碗も予《あらかじ》め湯で温めて、手にした時に温かさを感じられるようにした。凄まじい凍てと、料理人のきめ細かな心遣いとが、多くのお客につる家の暖簾を潜らせる。店主も奉公人も、その対応に追われて息つく暇もない忙しさだった。

それ故、ほんの一瞬の隙をついて、太一が暖簾の下を潜って外へ出たことに、誰も気付かなかった。

「ふきちゃん、どうかしたの？」
客足が落ち着き、漸く注文が途絶えた時、澪はふきが土間から調理場を覗いている
ことに気付いて声をかけた。
「太一ちゃんがそっちに居るのかと思って」
「太一ちゃん、居ないの？」
「はい、ついさっきまで、こっちの土間で遊んでたんですけど」
ふきの言葉に、澪は不安を感じて勝手口から外へ出た。身を切るような凍て風が吹
き抜けて行く。九段坂から俎橋へ続く通りには疎《まば》らに人影があるが、子供の姿は無い。
澪は、太一ちゃん、太一ちゃん、と大声で呼びながら、俎橋の方へ歩き出した。
ふきから事情を聞いたのだろう、おりょうが青ざめた顔で飛び出して来た。ついで
芳と種市、それにふきも表へ出て、太一を探し始める。
澪は太一の名を呼びながら俎橋を渡り、今川小路《いまがわこうじ》の方へ足を伸ばす。太一ちゃん、
太一ちゃん、と声を嗄《か》らす澪の姿に、煤払《すすはら》いの竹売りが足を止めた。
「はぐれちまったのかい、どんな子だ？」
救いを求めるように澪は、太一の歳と背格好を告げる。すると、表神保《おもてじんぼう》小路の方か
ら歩いて来た老女が、ふと足を止めた。

「もしやその子、男の子なのに赤い色の半纏を着てやしなかったかい？」

「そうです。何処で見たんですか」

女に取り縋って、澪は縺《もつ》れた舌で問うた。老女は自分が歩いて来た方角を指し示す。

「あたしゃ、その子を連れた若い女に宿駕籠《しゅくかご》を聞かれたんだよ。この辺りじゃあ辻駕籠を捉まえるのは難しいからね。男の子は随分抗《あらが》っていたけれど、別に声も上げてなかったから、変だとは思いながらも、やり過ごしたのさ」

若い女、と繰り返して、澪は真っ青になった。太一は迷子になったのではない、さらわれたに違いないのだ。

まだそう遠くへは行ってないよ、と教えられて、澪は背後を振り返り、大声でおりょうを呼んだ。ふたりして、表神保小路をひた走る。

すぐ先に、女が太一の手を無理にも引っ張って歩いているのが見えた。太一は必死に足を踏ん張って抵抗するも、ずるずると引き摺られている。途端、おりょうが凄い勢いで澪を追い抜き、後ろから手を伸ばして女の襟首を摑んだ。

「何すんだよ」

仰向《あおむ》けに倒されて、女は口汚く罵《ののし》る。澪はその顔を見て、はっと息を飲んだ。お牧だったのだ。おりょうは太一を後ろに庇い、

「あたしの息子に何しやがる」

と、怒鳴りつけた。

お牧は、自分に手をかけた女がおりょうだと気付くと、薄く笑いながらゆっくりと立ち上がった。着物の裾をぱんぱんと払って、気のない口調で、

「何が息子なもんか。血も繋がってないくせに」

と言った。

おりょうが咄嗟に太一の耳を塞ぐと、太一はおりょうにぎゅっとしがみ付いた。そんなふたりの姿に、澪はお牧への怒りで頭に血がのぼり、ぐいとその胸ぐらを摑んだ。

「あんたみたいな輩《やから》を屑、言うんやわ」

「男と女のことも知らない小娘に、屑呼ばわりされたかないよ」

お牧は澪の手を振り払い、おりょうに向き直った。

「伊佐さんは、その子が可愛くって仕様がないらしいのさ。だから、あたしがその子をもらえば、伊佐さんはあたしと所帯を持ってく」

言葉途中で、ぱん、と頰が鳴り、もんどり打つようにお牧は後ろへ倒れ込んだ。

おりょうはお牧に馬乗りになって、その髪を摑む。

「亭主が欲しいのなら、熨斗《のし》つけてくれてやる。けれど太一はあたしの子だ。二度と

手を出したら承知しない」

何ごとか、と通行人が足を止め、縺れる女ふたりを遠巻きに眺めている。

「澪、おりょうさん」

人垣を掻き分けて、芳が現れた。

太一の無事を確かめると、おりょうとお牧を引き放す。

「何すんだよ、何であたしが、こんな目に遭わなきゃいけないんだ」

髪を崩されて、お牧は半狂乱で叫ぶ。その両肩に手を置くと、芳は低い声で囁いた。

「お前はんのしでかしたことは、子盗《こと》りだすで。このまま黙って立ち去るか、それとも一緒に番屋へ行くか、どっちだすのや？」

子盗りの罪は決して軽くない、と聞かされて初めて、女の瞳に小さな恐れが浮かぶ。

「あたしの何処が悪いってのさ。あたしはただ、伊佐さんを好きになっただけじゃないか」

お牧は泣きじゃくりながら立ち上がり、そのままあとも見ずに、よろよろと歩き去った。

「話はよくわかった」

つる家の内所。おりょうの話を聞き終えて、親方は、手にした煙管《キセル》を灰落としにぽんぽん、と打ちつけた。

「俺ぁ、伊佐とお前さんが所帯を持つ時、仲人《なこうど》のような役回りをさせてもらったが、まぁ、別れるってんならそれも仕様が無ぇ」

相済みません、とおりょうは小さく身を縮める。あのあと、竪大工町《たてだいくちょう》の親方の家へ使いをやり事情を伝えたところ、こうしてつる家に足を運んでくれたのだ。

「ただ、伊佐には伊佐の言い分もあるだろう。明日の朝一番にこっちへ寄越すから、本人とよく話し合ってくんな」

親方はそう結ぶと、澪が入れたお茶を苦そうにひと息で干した。

深夜。

裏店の薄い板戸を遠慮がちに叩く音がして、澪は、はっと夜着を捲った。

闇の中で、芳が、

「伊佐三さんと違うか」

と、小さな声で言った。果たして、

「夜分に済まない。ご寮さん、澪ちゃん」

という、伊佐三の声が聞こえた。

慌てて綿入れを引っかけ、行灯に火を入れると、澪は伊佐三を中へ通した。火鉢の灰を掻きわけて火種を探るのを、伊佐三が止める。

「構わねぇでくんな。それより何があったか教えてくれめぇか。親方から明日、つる家に行けと言伝《ことづて》を受けたが、俺にはさっぱりで」

詳しいことを何ひとつ知らない様子の伊佐三に、澪と芳は顔を見合わせた。仕方なく澪は、初めてお牧がつる家を訪れた日に遡《さかのぼ》って、詳しく話して聞かせた。

そんなことが、と言ったきり、伊佐三は絶句する。その姿があまりに空《うつ》けに映り、澪は伊佐三を責めようとした。それを芳がさっと制し、伊佐三へにじり寄る。

「伊佐三さん、私もこの歳だす。男と女が割りない仲になり、堕《お》ちていくんも、よう見聞きしてます。お前はんとお牧いうひともそうなんか、と。けど、子盗りの一件で、もしかしたらそれは違うかも知れん、と思たんだす。割りない仲なら、子はむしろ邪魔なはず」

伊佐三は、膝に載せた両の手を拳に握る。芳は、男の顔を覗き込むように、こう続けた。

「若い娘と割りない仲になった、と周りに思わせておいて、お前はんには何ぞほかに、隠しておきたいことがあったんやないか、と」

はっ、と瞠目して伊佐三は芳を見返した。その様子に、澪も漸く、何か事情がありそうだ、と理解する。芳は居住まいを正すと、きっぱりと告げた。

「どないなわけで周囲を謀《たばか》ったかは知りまへん。けど、そのことで皆が不幸になってますのや。おりょうさんと太一ちゃんは無論のこと、お前はんを好きになったが故に、子盗りてなことに手ぇ染めたお牧さんも。これ以上、何かを隠し通すのは不実、いうもんだすで」

芳に言われて、伊佐三はがっくりと肩を落とした。


翌朝早く、伊佐三は親方を伴ってつる家に現れた。

「太一」

伊佐三はいち早く倅の姿を見つけて声をかけたが、太一はふきの後ろへ隠れて怯えている。種市は、ふたりを入れ込み座敷の方へ通した。

遠慮しようと立ち上がった芳と澪に、

「悪いがふたりとも居てくれまいか」

と、伊佐三は懇願する。皆が揃ったところで、伊佐三はおりょうに向き直った。

「おりょう、済まない。この通りだ」

黙り込むおりょうに、伊佐三は両手をつくと、畳に額を擦りつける。

「全部俺が悪い。お牧さんの俺への気持ちと、水茶屋へ入り浸り、てぇ噂。そのふたつをこれ幸いに、今まで黙り通した俺が悪いんだ」

「伊佐、そりゃあ一体どういうことだ」

伊佐三の隣りで、親方は露骨に眉をひそめる。

「何もかも話す、と言うから手前と一緒にここに来たが、それじゃあ、まるで女とは何でも無ぇような口ぶりじゃねぇか」

へい、と伊佐三は顔を上げて親方を見た。

「まるきり何でも無ぇんです。お牧さんが俺を好いてくれてるのは知っちゃあいたが、まるきり何にもありゃしねぇ」

お前さん、と掠れた声でおりょうが呼んだ。

「何でも無いなら、どうしてそう言ってくれなかったんだい。何で、今の今まで黙ってたのさ」

「伏せておきたいことが」

伊佐三は顔を上げると、両手で膝頭を握りしめて、声を放つ。

「どうしても隠しておきたいことがあった」

一同は、固唾《かたず》を呑んで伊佐三の言葉を待った。だが、まだ話す決心がつかないらしく、伊佐三は、膝を強く握ったまま俯くばかりだ。

ええい、焦《じ》れってぇ、と親方が怒鳴った。

「この期に及んで、うじうじと情け無ぇ。隠しておきてぇってのは何だ。はっきり言いやがれ」

種市もこれに加勢する。

「そうだぜ、伊佐さん。ここまで来て話してもらえねぇってんなら、おりょうさんだって、俺たちだって納得できねぇよ」

年寄りふたりから畳み込まれて、漸く伊佐三は決心が着いたのか、右腕を懐に突っ込んだ。そうして引っ張り出したものを、おりょうの前に置く。一寸（約三センチ）ほどの、小さな紙片。おりょうはそれを手に取って、しげしげと眺めた。ずっと肌身離さず身に付けていたためだろう、何か文字が書かれていたようだが、擦れて判読できない。掌に載せて紙片を開いてみた。

「これは……」

澪たちも、傍らからそっと覗き込む。

どうやら木札のようだ。微かに「天」の文字が読み取れる。おりょうは戸惑った顔で伊佐三を見た。伊佐三は、思い切ったように口を開く。

「帝釈《たいしゃく》さまの……帝釈天さまの御札だ」

帝釈天、と繰り返して、おりょうははっと息を飲む。澪の脳裡にも、太一の手に握られていた、赤い小さな粒が過《よぎ》った。

「一粒符《いちりゅうふ》の……」

澪は低く呻く。太一が麻疹に罹《かか》り命を落としかけた時に、伊佐三が受けて来た護符。その一粒符は確か、柴又《しばまた》の帝釈天のものだった。

「帝釈さまは太一の命を救ってくださった。だから一心に信心すれば、きっと太一の声も戻してくださるはず。そう思って、俺ぁ、百日詣《ひやくにちもうで》の願を掛けたんだ」

百日の間、毎日毎日、帝釈天に足を運び、太一の声が戻るように願を掛ける。あと少し、年が明ければその百日。無事に満願の日を迎えるまで、誰にも話すつもりはなかった、と伊佐三は最後、嗚咽を堪えながら打ち明けた。

つる家の入れ込み座敷は、水を打ったように静まり返る。

願掛けは神仏と己との約束事であって、ほかの誰にも知られてはならない。人知れず満願の日を迎えなければ、願いが叶えられることはない――。その場に居た全員が強張った表情で、父親の胸中を慮《おもんぱか》った。

伊佐三のことだ、今回のことがなければ、きっと百日詣を遣り遂げて、帝釈さまの御利益を得たに違いなかった。

「お前さん、許して。許しとくれ」

おりょうが畳に突っ伏して号泣した。

「あたしがつまらない嫉妬をしなければ、帝釈天さまは、きっと太一の声を戻してくださったのに。お前さんの願を無駄にしちまった」

誰も慰めようがないほどに、おりょうは声を上げて泣き崩れた。伊佐三は、そっと腕を伸ばし、おりょうの背中を抱いた。悪いのは俺だ、俺なんだ。そんな声にならない伊佐三の想いが、皆の胸に迫る。

口をきく者もなく、おりょうの泣きじゃくる声だけが長く響く。ふと、洟を啜りあげる音が聞こえて、澪はそちらへ目をやった。

つる家の入口に、太一が、ふきに手を繋がれて立っていた。その小さな目に涙が盛り上がり、今にも零れ落ちそうだ。

伊佐三はそれに気付いて、静かに立ち上がると、息子に歩み寄った。

「太一」

倅の名を呼ぶと、身を屈めて太一を抱き上げた。太一は父親に抱かれて、その肩口に、頭をぐりぐりと擦りつける。

太一、ともう一度名前を呼んで、伊佐三は息子を抱き締めた。


夜天に櫛《くし》の月が浮かび、俎橋周辺を仄明るく照らす。暖簾を終ったあとのつる家の表で、先刻からふきが俎橋の方を気にして、行ったり来たりを繰り返した。

調理場では、澪が夜食の用意にかかっていた。朝から戻しておいた干し椎茸《しいたけ》と干瓢《かんぴょう》、人参に甘辛く味を入れる。海老は色よく茹でておいた。酢飯にそれらをざっくりと混ぜ合わせ、飯碗に装って、錦糸《きんし》玉子を散らす。蓋をしてそのまま蒸籠《せいろ》で蒸し上げるのだ。

澪の手もとを見て、種市が首を傾げている。

「お澪坊、そいつぁ一体、何なんだい?」

「亡くなった母は『温寿司《ぬくずし》』と呼んでました。お寿司を蒸したものなんです」

「何だぁ、寿司を蒸すだぁ?」

種市が、腰を抜かさんばかりに驚いている。

「熱い寿司なんざ、俺ぁ生まれてこのかた、食ったことは無ぇ。いくら何でもそいつぁ駄目だろう。熱い寿司……考えただけで俺ぁ」

そう言って、ぶるっと身ぶるいしてみせた。

澪は両の眉を下げて、でも美味しいんです、と繰り返す。

温寿司は、遠い昔の母の味だった。底冷えのする大坂の冬に、何か温かいものを、と工夫してくれた味。それをもとに、料理人としてさらに手を加えてみたのだ。だが店主は味を見る前から、頭を抱えている。

「お澪坊のおっ母《か》さんには悪いが、酢飯を温めるなんてのは、俺ぁどうも……」

その時、ふきがばたばたと調理場へ駆け込んで来た。

「おりょうさんたちが戻りました」

入口の方で、伊佐三さん、おりょうさん、お帰りやす、と出迎える芳の声が響いていた。

「親父さん、ご寮さん、それに澪ちゃんも。今朝は随分と騒がせちまった」

背負っていた太一を入れ込み座敷の畳に寝かせると、伊佐三がそう言い、おりょうも深々と頭を下げた。

親子三人、ここから片道二刻半（約五時間）のところにある、柴又の帝釈天へ参って来たのだ。歩き通しで疲労困憊《こんぱい》のはずが、夫婦はどこか安堵した表情を見せている。

「おりょうさん、少しは気が収まったかい？」

店主に問われて、おりょうは、はい、と頷いてみせた。

「道々、うちのひとと色々、話し合ったんですよ。あたしたちふたりとも、太一の声を取り戻すことにあまりに必死になり過ぎた、と」

「声が出ても出なくても、太一は太一。頭でわかっていながら、俺たちは……」

伊佐三が、眠り続ける太一の頭を大きな掌で優しく撫でる。

「こいつに一番、辛ぇ思いをさせちまいました。俺たちゃあ親として至らなかった。帝釈さまはそれをよくご存じで、願掛けが叶わなかったのも、無理からぬことだと思いまさぁ」

そうかい、そうかい、と種市が小さく洟を啜った。

「三人とも夕餉はまだすやろ？　澪が今、お夜食を用意してますよって」

芳が頃合いを見て、調理場の澪に声をかける。はい、ただ今、と明るく返事をして、澪は熱々の飯碗を蒸籠から取り出した。店主の分と合わせて四つ、ふきが運ぶのを手伝う。

「器が熱いので、火傷《やけど》しないでくださいね」

言いながら、布巾を使って次々に蓋を外してみせる。充分に蒸された寿司飯から、ほかほかと温かい湯気が立ち上った。軟らかな酢の香りが漂う。

「太一、起きな。澪ちゃんがご馳走を作ってくれたよ。夕餉抜きだったからお腹空《なかす》いたろ」

おりょうに優しく揺さぶられて、太一が目をこすった。

「もっと酢のきつい匂いがすると思ったが」

こいつぁ案外、と言いながら種市が箸を取る。つられて伊佐三も飯碗に手を掛けた。

「熱ちちち」

「熱っ」

ふたり同時に言って、ふうふうと飯に息を吹きかける。途端に、太一とおりょうが吹き出した。母と子で顔を見合わせて、楽しそうに笑っている。

「何だよぅ」

「何でぃ」

店主と伊佐三は同じように言って、また、ふうふうと熱い飯に息を吹きかける。その顔を見て、太一が手足をばたばたさせて喜んだ。

「いやだよ、お前さん、それに旦那さんも。まるで『ひょっとこ』みたいじゃないか」

おりょうが笑い過ぎて滲み出た涙を指で拭う。

大の男がふたり、口を尖らせた互いを見て、確かに、とほろり笑った。

その夜は皆でつる家に泊まることになり、芳は布団を整えるために、ふきと太一を連れて先に二階へ上がった。伊佐三おりょう夫婦は、内所で店主と話し込んでいる。澪は包丁の手入れを終えてから、表の戸締りを確かめ、最後に勝手口を閉じようとして、ふと手を止めた。啜り泣く声が聞こえた気がした。

内所の方かしら、と見ると、先ほどまで洩れていた行灯の火が消えている。どうやら話し合いは済んだ様子だ。

外に出てみると、高い位置にある月が、せせこましい路地を蒼《あお》く照らしている。井戸端に、寄り添うふたつの影があった。

「新宿から追って来られ、縋られて、心が動かなかったかと聞かれりゃあ……。けれど俺ぁ、お前や太一に恥じるようなことは、何もしちゃいねぇんだ」

頼むから信じてくれ、と低く囁く声。

「良いんだよ、お前さん、あんなに綺麗で若い娘に気持ちを寄せられたら、そりゃそうさ」

しゃくりあげる女の声。

「泣かないでくれ、おりょう」

「仕方ない、仕方ないんだよ、わかってる。でも、お前さんは戻ってくれたんだ、あたしゃそれで良い」

おりょう、と声を絞って、伊佐三が女房を抱き締める。おりょうは声を上げて亭主に縋った。

澪は唇を一文字に引き結び、音を立てないように引き返す。足もとに何か落ちているのに気付き、身を屈めて拾い上げると、南天の赤い実だった。

——あたしの何処が悪いってのさ。あたしはただ、伊佐さんを好きになっただけじゃないか

お牧の声が蘇る。

踏まれて潰れた赤い実が、澪の瞳には、お牧の赤い口紅の色に映った。

今朝の春——寒鰆《かんざわら》の昆布締め

「熱いっ」

「熱うございますな」

清右衛門《せいえもん》と坂村堂《さかむらどう》が同時に言って、熱々の飯碗《めしわん》にふうふうと息を吹きかける。飯碗の中身は温寿司《ぬくずし》で、相当に熱いため、唇をすぼめて勢いよく息を吹きかけねばならないのだ。

良い歳《とし》をした戯作者《げさくしゃ》と版元が「ひょっとこ」と化す様を見て、おりょうと種市《たねいち》が不自然に肩を揺らして俯《うつむ》いた。その揺れる肩を恨めし気に眺めて、澪《みお》は、涙目で笑いを堪《こら》える。

ふきの「おいでなさいませ」の声に迎えられて、新たなお客がつる家《や》の暖簾《のれん》を潜《くぐ》ったのは、その最中《さなか》だった。坂村堂が何気なく入口に目をやって、おや、と声を洩《も》らす。中座を詫《わ》びて立ち上がろうとした澪は、版元の様子が気になって動きを止めた。

澪の問いかけるような眼差《まなざ》しを受けて、坂村堂は声を低める。

「今、入って来た男ですが、あれは、浅草の聖観堂《しょうかんどう》という版元の使用人ですよ」

途端、げっと種市が目玉を剝《む》いて腰を浮かせる。清右衛門の箸《はし》もぴたりと止まった。だが澪は、聖観堂？　と首を傾《かし》げるばかりだ。読本《よみほん》など手に取ったこともなく、唯一知る版元と言えば坂村堂のみ。

聖観堂の使用人は入口で、案内のために出迎えた芳《よし》を相手に話し込んでいる。歳《とし》は三十半ば、大店《おおだな》の中番頭あたりを務めていそうな風格の男だ。

清右衛門は小声で澪を叱《しか》りつける。

「この馬鹿者。聖観堂と言えば、料理番付の版元ではないか」

「清右衛門先生、そりゃ本当なんですか？」

おりょうは澪を押しのけて戯作者に迫った。返事の代わりに清右衛門は、ふん、と鼻を鳴らす。お客と話を終えた芳がこちらへ戻り、種市の傍《そば》へ両の膝《ひざ》をついた。

「旦那《だんな》さん、あちらのおかたが折り入って旦那さんと料理人とに話をさせて欲しい言わはるんだすが、どないしまひょ」

芳に問われると、種市は腰を浮かせたまま、上ずった声で、内所《ないしょ》へ通ってもらってくんな、と答えた。芳が土間伝いに客人を内所へ案内するのを見送りながら、澪は、

「今年の料理番付は出なかったのに、今さら何のご用でしょうか」

と、首を捻《ひね》る。さあ、それよ、と種市の声が裏返った。

「番付は出なかったが実はつる家が大関位だった、と伝えに来たんじゃねぇのか。ともかく、お澪坊も来な」

店主に腕を引っ張られるようにして、澪は内所へと向かう。

背後で戯作者の忍び笑いと、

「何やら面白いことになりそうだわい」

という声がした。


つる家の内所。荘太《そうた》と名乗る聖観堂からの使いは、ずずっとお茶を啜《すす》ると、店主と料理人に向かって、こう切り出した。

「この度は、登龍楼《とりゅうろう》さんとつる家さんとで、料理の競い合いをお願いしたく、こうしてお訪ねしました」

競い合い、と繰り返して、種市と澪は当惑して互いの顔を見合わせる。

「そいつぁまた一体どうしてだい？　もうちっとわかるように話してくんな」

種市に言われ、荘太は、それも尤《もっと》もなこと、と頷《うなず》いてみせた。

曰《いわ》く、料理屋の番付表は食通を自任する個人や版元が競い合うように出してはいるが、最も人気が高く、かつ信頼出来るものとして、聖観堂に敵《かな》う番付はない。それと言うのも、嗜好《しこう》が偏らぬように勧進元に老舗《しにせ》料理屋を配し、行司役には何《いず》れも聖観堂の店主が「これぞ」と見込んだ食道楽が当たるからだ。

「うちの番付で大関位を取る、というのは即《すなわ》ち、江戸一番の料理屋の証《あか》し。ここ数年は登龍楼の独壇場だったのですが、今年は票が割れて割れて。つる家さんの忍《しの》び瓜《うり》や菊花雪《きっかゆき》、登龍楼の涼流しに吹寄せ茸《きのこ》、ともに大関に推す者の声が強く、決着を見ないままなのです」

　まあ、と澪は驚いて、両の掌《てのひら》を胸に当てる。つる家の暖簾を潜るお客の中に、料理番付の行司が紛れているなど思いもしなかった。種市は種市で、さすがお澪坊の腕前は大したもんだ、と洟《はな》を啜り上げる。荘太はそんなふたりを困ったように眺めて、

「いや、そこで感激されても……本題はここからなのですが」

　と、居住まいを正した。

「私ども聖観堂といたしましては、料理番付を出さないままで年は越せません。そこで、先ほども申し上げた通り、大関位を争うつる家さんと登龍楼さんとで、同じ食材を用いた料理で競い合いをして頂きたい、と」

　期間を決めてその料理を店で出してもらいたい。そうすれば、行司役たちが密《ひそ》かに二軒の店を巡り、両者を食べ比べて優劣を決め、結果を年内に番付にするつもりだ、

という。

そいつぁ、と種市は難しい顔で腕を組んだ。

「俺としちゃあ望むところだ、と言いたいが、今日は師走《しわす》の十四日。幾ら何でも日にちが足りねぇんじゃねぇのか？」

お澪坊、お前さんはどう思う、と水を向けられて、澪は暫《しば》し躊躇《ためら》ったあと、口を開いた。

「料理は、お客さんに美味《おい》しく食べて頂くために作るものであって、番付を競うために作るのは違うように思います」

ううむ、と今度は荘太が腕組みをする。

「困りましたねぇ。登龍楼の主《あるじ》、采女宗馬《うねめそうま》さまは、こちらの趣向を大層面白がってくださり、ご快諾頂いたというのに」

何、と種市は、かっと目玉を剝いた。

「ちょっと待ってくんな。それじゃあ、つる家が競い合いを断った、となると……」

「競い合いを避けて逃げた、と世間に思われてしまうでしょうなあ」

顎《あご》を撫《な》でながら、荘太は薄く笑った。

嫌な笑いかただ、と澪はそっと眉根《まゆね》を寄せる。この男も、それにおそらく聖観堂の主も、番付表が売れさえすれば良いのだ。料理はそのための道具に過ぎないのだろう。料理に失礼な話だ、旦那さんから断ってもらおう。そう思って澪が種市に向き直るのと、種市が、そいつぁ聞き捨てならねぇ、と袖《そで》を捲《まく》り上げるのとほぼ同時だった。

「冗談じゃねぇぜ。つる家が逃げた、と思われちゃあ、江戸っ子の名折れよ」

荘太の薄い唇の両端が、きゅっと持ち上がる。ではお受けに、と男が言うのを、澪は無理にも遮った。


「何、では断ったのか」

清右衛門の額に、青筋が浮いている。

彼は澪と種市とを交互に見ると、太い声で怒鳴った。

「この大馬鹿者が」

清右衛門と坂村堂は、事の成り行きを知るために、あれからずっと入れ込み座敷の常の席で待ち続けていたのである。

戯作者の罵声《ばせい》に、種市はひゃっと首を縮めながらも、違う違うと手を振ってみせた。

「いいえ、そうじゃねぇんで。お澪坊があんまり乗り気じゃねぇ様子なんで、明日まで返事を待ってもらっただけでさぁ」

「何と。では大馬鹿者はお前か」

清右衛門は膳《ぜん》を脇へ押しのけて、澪ににじり寄る。

相当怒っているのだろう、両の眼《め》が血走って見えた。

「競い合いで登龍楼を負かしてみろ。つる家は間違いなしに江戸一番の料理屋となれるのだぞ。せっかくの機会を己の手で潰《つぶ》すのか」

良いから受けろ、絶対に受けるのだぞ、と怒鳴るだけ怒鳴ると、戯作者は仕事を理由に、ぷいと帰っていった。

常のように清右衛門の分も支払い、澪に見送られて、坂村堂はつる家を出る。

「私も清右衛門先生と同じ意見です」

版元は穏やかに言って、澪を振り返った。

「料理番付で大関位を取れば、何よりもつる家のためになる。けれど、それだけではない。あなたやご寮さんにとって望ましいことになるのでは、と思いますよ」

ご寮さんに、と澪は怪訝《けげん》な眼差しを版元に向けた。坂村堂はそっと周囲を見渡して、つる家の面々が暖簾の奥で忙しく働いていることを確かめると、声を低めた。

「大関位を取れば、関脇《せきわけ》どころの騒ぎではありません。江戸中の注目を集めます。ご寮さんの息子さんの耳にもきっと届くはずです」

はっ、と澪は息を呑《の》む。

そうか、大関位を射止めて江戸で一番の料理屋になれば、若旦那さんの方から店に足を運んでくれるかも知れない。否、天満一兆庵《てんまいっちょうあん》の主、嘉兵衛《かへえ》の血が流れているのだ、江戸一番の料理屋の料理を、若旦那が食べに来ないはずはない。

澪の考えを読み取ったかのように、坂村堂は大きく頷いた。

翌朝早く現れた荘太は、種市から返事を聞いて、良かった、と大きく息を吐いた。

「お受け頂ける、と知って安心しました。つる家と登龍楼、今、巷《ちまた》で評判の料理屋が、同じ食材で腕を競い合う。考えただけでわくわくしますし、世間の評判を取ることは間違いないでしょう」

よくご決心くださいました、と荘太は内所の隅に座っている料理人に労《ねぎら》いの言葉をかける。

澪は固い表情を崩さないまま、聖観堂の使いに尋ねた。

「食材は何を用いるのでしょう。魚ですか、それとも青物？　試作に何日頂けて、店に出すのは何日の間なのでしょうか」

「なるほど、どれも大事なことですね」

荘太は顎を撫でると、うっすらと笑う。

「この度の番付は、師走二十八日の立春に売り出します。そこから逆算すると、店でのお披露目は二十四日から二十六日までの三日間。試作にかかるのは今日からなので、十五日から二十三日までの九日間、ということになります」

九日、と澪は繰り返して、唇を結んだ。登龍楼と競い合うのならば、試作にもっと日にちをかけたい。それでも、九日間で遣《や》り通すしかないのだ。

「では、食材は何を」

顔を上げて澪が問うと、荘太は徐《おもむろ》に懐から紙を取り出した。三つ折りにされたそれを澪の前に置く。澪は種市が頷くのを見てから、それを手に取って開いた。

途端、顔色が変わるのが、自身にもわかった。

「こ、こいつぁ」

脇から覗《のぞ》き込んで文字を読み取ると、店主は低く呻《うめ》いた。

「ああもう、じれったい」

調理場の板敷で、おりょうが身を捩《よじ》っている。

「旦那さんも澪ちゃんも、どうしてまた、そんなに気落ちしてるんですよ。聖観堂が競い合いの食材に指定して来たのは、一体何だっていうんです？」

芳とふきも、心配そうに澪と種市とを交互に見ている。種市が渋々、口を開いた。

「それが、鰆《さわら》なんだよぅ」

へっ、とおりょうが意外そうに澪を見る。

「鰆って、あの鰆かい？　細長くて姿の良い、でもちょいと色味に乏しい、あの鰆？」

ええ、と澪は両の眉を下げるだけ下げて、頷いた。

「でも、ただの鰆じゃないんです」

澪は言って、手にした三つ折り紙を開くと、皆に見せるために板敷にそっと置いた。

そこには水茎《みずくき》の跡も麗しく、「寒鰆」とある。

忽《たちま》ち、何と難儀な、と洩らして芳の眉が曇った。

「え？　どうしてさ？　寒鰆だろう？　美味しいじゃないか。うちじゃあ、たまの贅《ぜい》
沢《たく》で塩焼きにして食べるよ」

おりょうは混乱したように、芳と澪とを見る。

澪は眉を下げたまま、紙に書かれた鰆という文字を示した。

「魚に春、と書いて鰆ですよね。大坂では、鰆の旬は、文字通り春なんです。冬に食べることはなくて、私もその扱いにあまり自信がありません」

そうなんだよなぁ、と種市も、とほほと肩を落とす。

「俺も幾度かお澪坊に言って、寒鰆を料理してもらったことがある。お澪坊の腕前だ、旨《うま》くないわけがねぇよ。けれど塩で焼くか味噌《みそ》に漬け込んで焼くか、どっちかだ」

「どないしたかて、大坂で春に食べていたもんと勝手が違うんだすやろ」

澪を庇《かば》うように、芳が言った。

大坂では、春が旬の鰆を、刺身や煮付け、箱寿司や汁物、蒸し物、と様々な調理方法で堪能する。同じ料理を寒鰆で作ってみたところで、どうにも載り過ぎた脂《あぶら》が邪魔に感じるのだ。無論、大坂で食べていた春の鰆にも、脂は充分に載っていた。上手《うま》く説明できないのだが、脂の質が違うように感じる。結果、江戸の寒鰆を一番無難な塩焼きか、味噌漬けにして焼くことになってしまうのだ。

「ともかく、こうなりゃあ一日だって無駄には出来ねぇや。馴染《なじ》みの魚屋へ行って、毎日とびきり新鮮な寒鰆を回してもらうよう、頼み込んで来るぜ」

言うなり種市は、寒いのに尻端折《しりはしょ》りして勝手口から飛び出して行った。

頭の中が鰆で一杯である。

ともすれば目の前の鱈《たら》まで鰆に見えて来て、澪は雑念を払うために軽く頭を振った。

「澪ちゃん、源斉《げんさい》先生が」

膳を下げて来たおりょうが、間仕切りの向こう側を示す。

何かしら、と間仕切り越しに入れ込み座敷を覗いてみると、一番奥の席で、清右衛門と坂村堂、それに源斉が談笑していた。

「あの皮肉屋と源斉先生が顔見知りとはねぇ」

おりょうは感心したように呟《つぶや》いた。

源斉の注文の酒粕《さけかす》汁を整えると、澪はその膳を自身で座敷へ運んだ。

「倅《せがれ》はこの如月《きさらぎ》に漸《よう》や く医師となった身、いやはや、親としては何とも心配でして」

これまで見たことのないような不安そうな表情で、清右衛門は源斉に語りかける。

「しかもあれは病弱ゆえ、なおさら心配で」

紛れもない、息子を案じる父親の顔だった。皮肉屋の清右衛門の意外な一面を見たようで、澪は膳を手にしたまま、間に割り込んで行くのを躊躇う。

「宗伯《そうはく》殿は、まだ十七歳。これから気力も体力も充実する年齢ですから、ご心配には及びませんよ。良い医師になられることでしょう。先が実に楽しみです」

源斉の口もとから真っ白な歯が覗く。その源斉、立ち往生している料理人に気付くと、こちらへ、と手招きしてみせた。

「聞きましたよ。登龍楼と料理の競い合いをなさるそうですね」

そう言われて、澪は、ええ、と弱々しく頷いた。源斉の耳に入れたのは清右衛門に違いなかろう、と見当をつけて戯作者を見る。

戯作者はそれを感じ取って、ふん、と大きく鼻を鳴らした。

「馬鹿者、もうこのようなものが出回っておるわ」

懐から取り出したものを澪の鼻先へ突き付ける。それを手に取り、澪は絶句した。

「こ、こいつぁ読売《よみうり》……」

様子を気にかけていたのだろう、種市が割り込んで来て、澪の手から読売を奪う。

そこには競い合いの日程と題材が記され、いやが上にも読み手が好奇心を寄せるような解説が添えられていた。内容を洩らしたのは聖観堂に違いなかろう。

「皮肉なものよ」

先ほどとは別人のような口調の清右衛門、

「登龍楼では、競い合いのための献立を考える料理人と、日々の商い用の料理を作る料理人とを分けているのだとか。料理も試作もひとりでこなさねばならないお前に、そもそも勝ち目などない。おまけに題材が寒鰆ではのう」

と、肩を竦《すく》めてみせた。戯作者の毒舌に、誰もが口を噤《つぐ》む。座敷の空気が一層冷えた。黙って酒粕汁を啜っていた源斉が、そう言えば、と箸を止める。

「私は酒を嗜《たしな》みませんが、貝原益軒《かいばらえきけん》先生の『大和本草《やまとほんぞう》』という古い書物の中に、鰆の卵を干したものは酒の肴《さかな》として美味、とありました」

「鰆の卵、ですか」

澪は縋《すが》るような思いで源斉に尋ねる。

「ただ干すだけで良いのでしょうか」

「作り方は私も知らないのです。ただ、献上品の中に、鰆の卵を干した『唐墨《からすみ》』というものがあり、公方《くぼう》さまも好んで召し上がる、という話を父から聞いたことがありまして」

源斉は申し訳なさそうに、頭を下げた。

「私の知識がお役に立てれば、と思ったのですが、作り方も知らず、中途半端なことでした」

「源斉殿のお父上は確か、御典医《ごてんい》さまとか」

坂村堂の問いかけに、ええ、と源斉は頷いてみせる。

「医師として、公方様の召し上がるものにも注意を払わねばならないため、御膳奉行殿と献立についてよく話し合うのだそうです。その折りにでも耳にしたのでしょう」

不意打ちのように、御膳奉行、という言葉が源斉の口から洩れた。澪は驚き、うろたえる。

震えている娘を見て、清右衛門は、やれやれ、とわざとらしく首を振った。

「卵を干すのだ、乾いて食べられるようになるまで日がかかる。競い合いの期日に間に合わぬことくらい、何故《なぜ》わからん」

これでは競い合う前に勝負があったようなもの、と戯作者は吐き捨てて席を立った。

燻《いぶ》し銀の肌に、不揃《ふぞろ》いの斑点《はんてん》が散る。すんなりと細長いながら、身詰まりは良い。三尺（約九十センチ）を越える見事な鰆だ。種市が、水揚げされたばかりのものを入手してくれた。

鰆は水気が多く肉質の柔らかな魚で、扱いが大層難しい。尾を持ってぶら下げただけで身割れするし、下手に触れればぐずぐずと身が崩れてしまう。味噌漬けにして水分を抜けば美味しく食べられるのだが、そうした工夫は、料理人ならば考え付いて当然。登龍楼と競い合うなら、もっともっと工夫が必要だ、と澪は鰆を前に思案に暮れていた。

「澪さん」

いきなり背中を強く叩《たた》かれて、澪は驚いて振り返った。

りうが歯のない口を全開にして、常の二つ折れの姿で立っていた。

「ちょいと御無沙汰《ごぶさた》でしたねぇ。お元気そうで何よりですよ」

「りうさん」

嬉《うれ》しさのあまり澪は声を上げて、老女の手を取った。

「でも、どうして？」

「今朝、つる家の旦那さんがうちに見えましてね。澪さんの助っ人を頼むって」

商いの料理を作り、その合い間に試作をする。試作のために取れる時間はあまりに少なく、もう二日も無駄に過ごしてしまった。そのことを種市は随分と気に病んで、朝一番にりうのもとを訪ねたのだ、という。

「料理を手伝うのは無理でも、下拵《したごしら》えやら洗い物なら出来るだろうから、って。全く、あたしゃ見ての通りの年寄りなんですから、もっと労《いた》わってもらいたいもんですよ」

りうは言って、きゅっと口を窄《すぼ》めてみせた。

店主の温かな気遣いとりうの心意気が胸に沁《し》みて、澪はふっと涙ぐむ。するとまた、恐ろしく強い力で背中を叩かれた。

「あたしゃ、無駄な涙は嫌いだと言ったはずですよ。さあ、とっとと仕事にかかりましょう」

齢《よわい》七十五のりうは、身のこなしも軽やかに、よく働く。下拵えに洗い物、手が空けばお運びも買って出るのだ。常客のほとんどは、りうを覚えており、

「嬉しいねぇ、やっぱり婆《ばあ》さんが居ねぇと、この店は締まらねぇや」

と、声をかける。

「おや、お客さんは始め、あたしを見て、この店を『化け物屋敷』だなんて仰《おつしや》ったじゃありませんか」

りうが歯のない口を開けてみせると、座敷が皆の笑い声で揺れた。座敷の明るい雰囲気は調理場にも伝わって、何よりも澪を励ます。

酒と醬油《しょうゆ》、味醂《みりん》を同量。種を抜いて薄く輪切りにした柚子《ゆず》を加える。果汁を絞り込んでも良い。これに魚の切り身を漬け込んで焼いたものは「柚庵《ゆうあん》焼き」と呼ばれる。しっかりと下味がついて、鮮度の落ちた魚も美味しく食べられるため、天満一兆庵では賄《まかな》い用に重宝した。新鮮な寒鰆を用いれば、もっと美味しいに違いない。仕込みを終えると、今度はもうひと品。切り身にした鰆にたっぷりと胡麻《ごま》をまぶして、胡麻油でじわりと焼いてみた。

「お澪坊、手筈《てはず》はどうだい？」

折良く調理場へ顔を出した店主に、早速と味を見てもらう。

「ほう、利休焼きとは考えたなぁ。頂くぜ」

胡麻をまぶして焼いた切り身を、もぐもぐと食べる。無口な種市の様子に、澪は店主の口に合わないのを悟り、残しておいた端の方を試しに食べてみた。胡麻油に胡麻、それに鰆の脂がどうしようもなく、くどい。

「旦那さん、済みません」

しゅんと肩を落とす娘に、種市はいやいや、と軽く手を振ってみせる。店主の目は、漬け込まれた鰆の切り身に注がれた。

「そっちは柚庵焼きにするんだろ？」

「ええ。爽《さわ》やかな柚子の香りと合わせたら、と思って」

そうかい、そうかい、と種市は優しく笑って、調理場をあとにした。

柚庵焼きでは、登龍楼と競い合うには弱過ぎる——店主の気持ちが透けて見えたようで、澪は小さく吐息をつく。

「こっちがつる家の勝手口で良いのかい？」

夕餉《ゆうげ》の仕込みにかかっていると、引き戸の向こうで声がした。

澪は包丁を置くと、はい、と応《こた》えて戸を開けた。

「あら」

そこに立っている初老の男を見て、澪は、柔らかく笑った。神田御台所町《おだいどころまち》の頃から通ってくれているご隠居だったのだ。

「ご隠居さま、いつも御贔屓《ごひいき》頂きまして」

富三《とみぞう》の料理の味が変だと指摘してくれたのもこのかただったわ、と思い返しながら、澪は、老人の言葉を待った。

「読売で、登龍楼との競い合いのことを知ったんだが」

ご隠居は手にした風呂敷《ふろしき》の包みを解いて、中のものを差し出した。ひと目で上物とわかる真昆布の束だ。

「倅が上方《かみがた》から持ち帰った品だが、お前さんの役に立ててもらえまいか」

いけません、こんな良いものを、と遠慮する澪の腕を取り、ご隠居は昆布の束をその手に持たせる。

「日本橋登龍楼はもともと、お侍が藩の金で通う高級料理屋。つる家は、わしらのような倹《つま》しい暮らし向きの者が日々楽しみに通う料理屋だ。競い合いと聞いて、つるが龍を打ち負かすのを夢見て何が悪かろう」

老人は両の手を擦《す》り合わせながら、うっとりと天を仰いだ。

「わしだけではない、つる家に通う者は皆、同じ思いなんだよ、きっと」

精進なさい、と言い残すと、ご隠居はゆっくりと背中を向ける。澪は深く感謝しつつ、ご隠居を表通りまで送った。老人は、右足を引き摺《ず》ったまま俎橋《まないたばし》を渡っていく。あの足で毎日、ここまで通ってくれているのか、と胸を突かれる思いだ。老人の後ろ姿を見送りながら、澪は心の底から、競い合いで登龍楼に勝ちたい、と願った。

夕餉の時を迎え、つる家の入れ込み座敷は大勢のお客で賑《にぎ》わっている。

おりょうがひと足先に太一《たいち》の待つ裏店《うらだな》へ戻ったため、常ならば芳と店主とで手一杯なところ、今日からはりうが加わってくれたので、随分と助かった。

「旦那さんにお許しをもろたさかい、今日から暫《しばら》く、こちらに泊めて頂きまひょ」

調理場へお膳を下げに来た芳がそう言うと、りうも、そうなさい、と強く勧めた。金沢町の住まいと元飯田町《もといいいだまち》のつる家との往復にかける時間を試作に当てることができるのは、ありがたい。澪は安堵《あんど》した顔で、はい、と頷いた。

深夜。

煙や匂《にお》いが外へ洩れないか、気にかけながら、七輪の火を操る。この時期は火災が絶えないため、夜間の火の扱いを禁じる町触れが出ていたが、種市が手を回して、家主やお役人に大目に見てもらっているのだ。

軽く焙《あぶ》った鰆の味醂干しを試食して、澪の眉が曇る。ありきたりの味に思えて、この程度かと、ひとつ、息を吐く。

皆が、自分のために心を砕いてくれている。何としても、競い合いに勝ちたい。否、勝たねば。そう思えば思うほど、料理の仕上がりに納得がいかなくなった。いつもいつも、登龍楼ならもっと違う工夫をするはず、もっと美味しく調理するはず、という考えが消えることはない。

すり身にして揚げたり蒸したり、卯《う》の花と和《あ》えてみたり、と色々試すのだが、どれもこれも「美味しい」と思えなくなってしまった。

放心したように七輪の前に蹲《うずくま》っていたが、ふと、ひとの気配を感じて、後ろを振り返る。

「ふきちゃん」

何時《いつ》からそこに立っていたのか、間仕切りの陰に隠れるようにして、少女がこちらを覗いていた。

「どうしたの？　眠れないの？」

無理にも明るい声で言って、澪は立ち上がるとふきに歩み寄る。澪姉さん、とか細い声で呼んで、ふきは俯いた。その小さな胸に宿る不安を感じ取って、澪は身を屈《かが》めると、少女の両肩に手を置いた。

「何も心配しなくて良いの。大丈夫だから」

さあ、寝床に戻りなさい、と優しく言って聞かせる。ふきは唇を結ぶと、こっくりと頷いた。土間伝いにふきが消えると、澪は七輪の前に蹲り、両の膝を抱え込んだ。

ふきだけではない、おそらくは種市も芳も、眠れない刻《とき》を過ごしているのだ。皆の期待と不安とが、この身にひしひしと伝わる。その想《おも》いに応えられないことが心底、恐ろしかった。

焦りの中で、しかし一日、一日、時はゆっくりと確実に過ぎていく。

六つ半（午後七時）。

最後のお客が種市たちに見送られて帰っていく気配に、澪は初めて強い疲労を覚えた。立っていられなくなり、板敷に座り込む。

「澪さん、お疲れさま」

りうが土間伝いに調理場に戻った。澪が疲れきっているのを見て取って、ほら、これ、と後ろ手に持っていたものをすっと差し出した。鶴《つる》を描いた、小ぶりの羽子板。

「ほら、こっちも」

皺《しわ》くちゃな掌に、羽根が握られている。まあ、と澪の口もとが漸く綻《ほころ》んだ。

「今日は明神《みようじん》さまの歳の市だったんですよ。澪さん、忘れてたでしょう」

師走二十日は、神田明神社で歳の市が開かれ、しめ飾りや羽子板を始め、新年を迎えるための品々が豊富に並ぶ。こうした市を廻《まわ》ることが、江戸っ子たちの年の瀬の楽しみのひとつなのだ。

りうに言われて、ああ、そう言えばそうだった、と澪はぼんやりと思った。

「今は競い合いのことで頭が一杯――澪さんの顔にそう書いてありますよ」

ふぉっふぉ、と歯のない口で笑ってみせて、りうは澪の隣りに腰を下ろした。

「この羽子板と羽根、先ほどお帰りになったお客さんが、つる家の料理人に、と置いていかれたんですよ」

「私に？　一体、どうして……」

差し出された羽子板を受け取りながら、澪は首を捻《ひね》る。

「読売で登龍楼との競い合いを知った、と仰ってました。羽根つきには、昔っから厄を払い打ち負かす、という言い伝えがありますからねぇ」

りうは言って、皺の中に埋もれた目をさらに細めた。

「澪さん、あんたは幸せな料理人ですね」

羽子板に描かれた二羽の鶴を掌で撫でながら、澪は、こっくりと頷いた。

先日のご隠居といい、お客にこんな風に応援してもらって、自分は何と果報者か。

喜ばなければ、ありがたいと思わなければ。なのに、どうしてこうも心が重くて、息苦しいのだろう。澪は苦しくて仕方なかった。

「やれやれ、すっかり遅くなりましたね。あたしゃ、これで帰りますよ」

そう言って帰り仕度を始めた老女に、澪は思い余って、りうさん、と呼びかけた。

「何ですか？」

りうは、襷《たすき》を解く手を止めずに尋ねる。澪は、話しかけようとして口を噤む。

「早くしないと夜が明けてしまいますよ」

急《せ》かされて漸く、澪は声を放った。

「りうさん、私、競い合いの料理を考えるのが、苦しくて仕方ないんです」

おやまあ、とだけ零して、りうは動きを止める。自分の口から出た言葉なのに、澪は恐ろしい思いで青ざめた。

料理に向かう時、いつも心に陽《ひ》だまりを抱いていよう、と決めていた。だが今は、心の何処《どこ》にも陽だまりがない。それを自分で認めてしまうことが、こんなにも恐ろしいとは……。

がたがたと震え出した娘を見て、りうはもう一度、その隣りに腰をかけた。

「澪さん、競い合いに勝ちたいですか？」

老女の問いかけに、澪は僅《わず》かに躊躇ったものの、正直に答えた。

「はい。勝ちたいです」

種市のためにも、芳のためにも、そして自身のためにも勝ちたい。けれども、そうした考えをりうに窘《たしな》められても仕方ない、との思いもある。以前、澪に、真の料理人について説いたりうなのだ。勝ち負けにこだわる姿は、りうの言っていた真の料理人の姿からはほど遠い。叱られるのを覚悟して、身を縮める娘に、しかし、老女は天井を向いて、ふぉっふぉと笑ってみせた。

「そりゃそうですよ。競い合いなんですから、勝ちたいに決まってますよねぇ」

意外な思いで、澪は、りうの横顔を眺めた。

りうは、澪の手をぽんぽん、と優しく叩く。

「勝負事ってのは厄介でねぇ、どれほど努力したとか精進したとか言っても負ければそれまで。勝負に出る以上は勝たなきゃいけない。そう思うのが当たり前ですよ」

ただ、と、りうは言葉を切った。縋るような瞳《ひとみ》で自分を見ている料理人に視線を向けると、ふっと頬《ほお》を緩めた。

「勝ちたい一心で精進を重ねるのと、無心に精進を重ねた結果、勝ちを手に入れるのとでは、『精進』の意味が大分と違うように思いますねぇ」

易しい言葉で難しいことを言われたような気がして、澪の両の眉が一段と下がる。それが可笑《おか》しいのか、りうはまた、ふぉっふぉっと笑う。ひとしきり笑うと、ねえ、澪さん、とりうは両の掌で澪の手を包み込んだ。

「勝ちたい、というのは即ち欲ですよ。欲を持つのは決して悪いことではないけれど、ひとを追い詰めて駄目にもします。勝ち負けは時の運。その運を決めるのは、多分、ひとではなく、神仏でしょう。神さま仏さまはよく見ておいでですよ。見返りを求めず、弛《たゆ》まず、一心に精進を重ねることです」

老女の言葉に、澪は首を垂れた。

漆黒の闇《やみ》と思われた中に、一条の光が差し込む。光はやがてその胸一杯に溢《あふ》れた。

寒鰆と水切りした豆腐、それに卵白を擂《す》り鉢で丁寧に擂る。味噌、酒、味醂で味を調えると、伊佐三《いさぞう》に頼んで削ってもらった平串《ひらぐし》に形を整えながら付けていく。表面に焼き目をつけてから、遠火でじっくりと焙った。

「こ、こいつぁいけねぇ」

串を横にくわえて、がぶりと齧《かぶ》りつくなり、種市は身を捩る。

「こいつぁいけねぇよぅ、お澪坊」

店主の決まり文句が出たところで、一同はわっと朗笑した。どうぞ皆さんもお味を見てください、と澪に言われて、どれどれ、と芳とおりょうが串に手を伸ばす。熱そうに食べながら、ふたりは顔を見合わせて、幾度も頷き合った。

「はい、ふきちゃんもどうぞ」

澪が焼き立ての串を一本手渡すと、ふきは大きな前歯でそっと齧った。もぐもぐと咀嚼《そしゃく》しながら、何とも幸せそうに右手で頬を押さえている。

「串に刺してあるのは天麩羅《てんぷら》か田楽くらいしか知らないから、随分新しい感じがするねぇ」

おりょうが言えば、芳もまた、

「脂が強い寒鰆も、豆腐と合わせたり、焙ったりすることで、ほんにええ塩梅《あんばい》だす」

と感心してみせた。

「お澪坊、俺ぁこれで行くぜ」

鼻息の荒い店主に、しかし、澪は首を横に振る。

「これだけでは弱いと思います。せっかくですから、もう何品か考えようかと」

三つ葉尽くしも、う尽くしも、それに白尽くしの雪見鍋も、つる家のお客には殊《こと》のほか喜んでもらえた。寒鰆の美味しさを堪能してもらえるような料理を幾つか揃えてみたい、と料理人に言われて、店主は目を丸くする。

「俺ぁ、寒鰆が苦手だったお澪坊がここまでやっただけでも、大したもんだと思ったのによぅ。この上、まだ考えようってぇのか」

はい、と澪が元気よく応えると、ふきが嬉しそうにぴょんと跳ねた。その姿に注がれる、大人たちの眼差しが柔らかい。

「何だか、久々に調理場ん中が、ぱっと明るくなった気がするよ」

言ってからおりょうは、しまった、と思ったのだろう、ごめんよ、と澪に手を合わせた。いえ、と澪は軽く頭を振ってみせる。競い合いが決まってからずっと、つる家の面々は澪同様に息の詰まる思いでいてくれたのだ。何とも申し訳なく、切なかった。

追い詰められて作った料理など、もう二度と誰にも食べさせたくない。登龍楼は登龍楼、私は私。澪は、胸のうちにそう繰り返した。

「おやまあ」

勝手口の引き戸が開いて、呆《あき》れ顔のりうが顔を覗かせる。

「つる家は油屋じゃないんですからね、いつまでも油を売ってちゃいけません」

表にもうお客さんがお待ちですよ、と老女に言われて、つる家の面々は大慌てでそれぞれの持ち場へと急いだ。

昼餉時を過ぎ、客足も落ち着いた頃。

「あっ」

手にした味醂の徳利《とっくり》が思いのほか軽かったので、澪はうっかり声を洩らした。このところの試作で味醂を使い過ぎたのだ。澪の素振りでそれと気付いたのだろう、汚れた器を洗っていたりうが、曲がった腰を無理にも伸ばして、立ち上がった。

「ふきちゃんに買いに行かせましょう」

土間伝いにふきを呼びに行きかけて、ああそうだ、と足を止めた。

「澪さん、このところ、つる家に閉じこもったまま、一歩も外へ出てませんよね。ちょいと身体《からだ》を動かした方が、良かありませんか？」

りうに言われて、ふっと表の空気を吸ってみたくなった。丁度、注文も途絶えた。鍋には酒粕汁もたっぷりある。澪はりうにあとを頼むと、徳利を胸に抱いた。

曇天の下、斬《き》りつけるような向かい風をその身に受けて、澪は徳利を胸に震えながら歩く。ずっと煮炊きの火の傍にいたから、寒さが一層、骨身に応えた。飯田川《いいだがわ》の川筋から左に折れて中坂の通りに入ると、寒風から逃れられて、ほっとする。漸く顔を上げて、周囲を見回す余裕が出来た。

幅広の通りの両側に立ち並ぶ表店《おもてだな》。どの店も既に大掃除を終えたらしく、周囲の空気まで清らかに感じる。注連飾《しめかざ》りを整えた家も多い。菓子屋の店先では威勢よく餅《もち》をついており、餅花を翳《かざ》した子供たちが歓声を上げながら澪の傍らを過ぎていった。

つる家の調理場に籠《こも》っていた数日のうちに、町は、新しい年神さまを迎える準備を着々と整えている。澪は眩《まぶ》しそうに辺りを見渡した。

ふと、辻《つじ》に人だかりが出来ているのが目に入る。何かしら、と人垣の間から覗いて見た。柔らかく編んだ笠《かさ》を頭からすっぽりと被《かぶ》った男がふたり。ひとりは肩に風呂敷包みを負い、ひとりは腕に摺りの悪い紙の束を抱えている。

あ、読売だわ。

男が腕に抱えているものに目を留めて、澪は眉をひそめた。読売には、例の食あたりの一件で、随分と煮え湯を飲まされたのだ。

「さぁこの度の、年の瀬の」

思いがけず低い声で、口上が始まった。澪は眉をひそめたまま、後戻りしかける。

「龍と鶴との競い合い。天に登るは往古より、龍と定めがあるものを、戦い挑みし大坂の」

いきなり心の臓が跳ねた。澪は驚きのあまり、足が竦んで動けない。

おい、と野次馬のひとりが口上を遮った。

「この間と同じねたなら、俺ぁ買わねぇぜ」

そうとも、と同調の声が次々と上がる。

「登龍楼とつる家が競い合いするなんてなぁ、こちとら百も承知だ」

「おうとも、どっちの店も毎日、寒鰆の試作に明け暮れてる、てぇのも知ってらぁ」

すると、片割れが手早く風呂敷を解いて、中から新たな読売の束を取り出した。どうやら古い読売を売り切ろうとして当てが外れ、新しいのを出して来たのだろう。手の中の束を新しいものと交換すると、今度は一段と低い声で口上を節に載せた。

「それならどうだ、この度の、千代田のお城の一大事」

おっ、と野次馬たちは息を詰めて口上に耳を傾ける。澪もついつい、耳を欹《そばだ》てた。

「恐れ多くも上様の、食の上前《うわまえ》撥《は》ねたとて、御膳奉行が詰め腹を、切らされ嘆くは大奥の……」

御膳奉行、という言葉が錐《きり》のように耳に刺さり、頭からすっと血の気が失《う》せていく。手にした徳利を取り落としそうになって、辛《かろ》うじて正気を戻した。

「これから先は四文、お代は四文だ」

読売がそこだけ大きな声を上げると、わっとばかりに四文銭を載せた手が差し出される。澪は戦慄《わなな》く手で帯の間を探り、巾着《きんちゃく》を取り出そうとした。だが、指が震えて巾着を開けることが出来ない。

「おい、役人が来るぜ」

野次馬のひとりが、中坂の上手を指して読売に教える。なるほど、腰に朱房の十手を差し、黒紋付《くろもんつき》に着流し姿の侍が、ゆったりとした足取りで中坂を下って来た。途端、読売は売るのもそこそこに、慌てふためいて逃げ出した。それを機に人垣も解けて、徳利を抱え、巾着を握りしめた澪だけが取り残された。

澪の目が、地面に落ちた一枚の読売を捉《とら》えた。あっ、と思い、身を屈めて拾い上げる。読み進むうちに、膝ががくがくと震え始めた。

そこには、公方さまの召し上がる酪《らく》を、御膳奉行の何某《なにがし》が豪商に横流ししていたことが露見し、師走一日に詰め腹を切らされた、という内容がまことしやかに綴《つづ》られていた。

澪は泣きそうな顔を天に向けて、小松原《こまつばら》と最後に会った日を思い返す。あれは霜月《しもつき》の終わりだった。もしや、あのあとに……。

いや、そんな馬鹿な。澪は、きゅっと唇を引き結んで考える。

読売は、必ずしも丁寧に事実を調べているわけではない。むしろ、面白おかしく好き放題に書く者も居ることは、食当たり事件で澪自身が経験済みだった。だとすれば、これもでっち上げだ。そうに決まっている。

第一、小松原さまは横流しのような姑息《こそく》な真似《まね》をするおかたではないわ。

目尻にぎゅっと皺を寄せて笑うその顔を思い返しながら、澪は手の中の読売をくしゃっと握り潰《つぶ》した。言い表しようのない寂しさが胸に溢れる。

小松原が本当は「小野寺《おのでら》」であることを知り、どうにもならぬ身分違いを知り、想いを断ち切ったはずのこの身。何をうろたえることがあるのだろう。

そう、私は小松原さまのことを案じる立場にさえ、ないはずなのに。

寂しさに耐え、溢れ出す想いにしっかりと蓋《ふた》をして、澪はしゃんと背筋を伸ばした。

たとえ虚勢であっても良い、今は、案じ怯《おび》えている場合ではないのだ。

相模屋《さがみや》の白味醂を買おう。留吉《とめきち》の精進を思い重ねて、美味しい料理を作ろう。ともすれば重くなる足取りをわざと軽やかに、澪は歩き出した。

「おい、この読売にある酪ってなぁ、一体何だろうな」

「さぁな、公方さまの食いものなんざ、俺たちの知ったこっちゃねぇや」

入れ込み座敷のお客の話し声が、調理場まで届く。夕餉時もとうに過ぎ、座敷に残ったそのお客たちが最後だった。澪は賄いの夜食用の葱《ねぎ》を刻む包丁が滑りそうになるのを辛うじて堪《こら》えた。

「違《ちげ》ぇねぇ。けど、さすがの公方さまも、ここの酒粕汁や茶碗蒸《ちゃわんむ》しはご存じあるめぇ。そう思うと俺ぁ、気の毒やら小気味良いやら」

そのひと言に座敷が、わっと沸《わ》いた。

「お客のああいう言葉は嬉しいんですが」

流しで洗い物をしていたりうが、曲がった腰に辛《つら》そうに手を置いた。

「長っ尻は困りますよねぇ」

全くだ、と疲れた顔で調理場へ顔を出して、店主が言った。

「りうさん、もう上がってくんな。そろそろ孝介《こうすけ》さんが迎えに来る頃だし。あ、良かったら夜食を食って帰ったらどうだい。お澪坊、りうさんの分も頼めるだろ？」

「はい、今すぐ。りうさん、あとは私が」

澪に強く言われて、りうは、それじゃあお言葉に甘えましょう、と簓《ささら》を手放した。

酒粕汁の残りに、茹《ゆ》でたうどんを入れて軽く煮込む。仕上げに刻んだ葱を加えると、温めておいたふたつの丼《どんぶり》に入れて、板敷に運んだ。

「ああ、これこれ」

りうが、目を細める。

「これを頂くと身体が芯から温まって、帰り道も大分と楽なんですよ」

「まだあるので、お代わりしてくださいね」

澪はそう言うと、流しに置かれた飯櫃《めしびつ》を篗で綺麗《きれい》に洗いはじめた。

「そういやぁ、りうさんは昔、下馬先の茶屋で働いてたんだったよな。さっき、お客から読売をもらったんだが」

種市がもぐもぐと口を動かしながら、手を懐に突っ込んで、一枚の刷り物を取り出した。

「御膳奉行、てぇのは一体何なんだい？」

どれ、と老女は読売を覗き込む。

「この話が本当かどうかは知りませんが、御膳奉行というのは、公方さまの召し上がる献立を決めたり、その食膳に関《かか》わる全《すべ》ての責めを負うひとのことですよ」

「こいつぁ驚いた。よもや、そんなお役目があるとはねぇ。まあ、考えてみりゃあ、食べるもんてぇのは大事だからな」

種市は言って、手もとの丼に目を落とす。

「お客の言い分じゃねぇが、この酒粕汁、公方さまにも食わしてやりてぇなぁ」

すると、りうは汁をずずっと旨そうに吸って、うっとりと応えた。

「確かにねぇ、公方さまよりも、この店のお客や賄いを頂くあたしたちの方が、よっぽど美味しいものを口にしてますよ」

「そうでしょうか」

丁度、洗い物を終えたばかりの澪は、思わず老人ふたりの会話に割り込んだ。

「この世で一番お偉いかたですもの、珍しいものや美味しいものを沢山、召し上がっておられるはずではないのですか？」

ふぉっふぉっ、とりうは歯のない口を大きく開けて笑う。

「まあ、下馬先で聞いた噂《うわさ》話ですから、真偽のほどはわかりませんがねぇ、代々、公方様に引き継がれる食の取り決めというのがあって、これが中々に厄介なんですよ」

鱚《きす》は喜びごとに通じるとして、月に三日を除き毎日欠かさず食べねばならない。葱などの臭《にお》うものは駄目、牡蠣《かき》などのあたるものは駄目、天麩羅も駄目、あれも駄目これも駄目で、その上に毒見やら何やらで料理人が仕上げた形のままでは口に入らない、とのこと。

「鱈って魚は淡泊で大層美味しいですがねぇ、公方さまだって、毎日となると飽きるでしょうよ」

公方さまが毎日召し上がるのなら、おそらく御膳奉行の立場にあるかたも……。

――生姜《しょうが》と鱈がだめだ、どちらも言葉にするだけでげんなりする

小松原の声が耳の奥に蘇《よみがえ》って、澪は、固く唇を結ぶ。りうと種市に軽く頭を下げて、調理台で競い合いの試作に取りかかった。

板敷では、夜食を食べながらの老いふたりの会話が続いている。

「御膳奉行ってのも、厄介な仕事でしょうねぇ。確か、千代田のお城には御膳所が三か所もあって、その全部に、目を行き届かさなきゃならないんですから」

三か所もかい、と種市が目を見張った。

「それでその御膳奉行てなぁ、ひとりきりなのかよぅ?」

包丁を出刃に替えて鰆のあらを分けながら、澪はふたりの会話に、ついつい耳を澄ませた。自分でも手が震えているのがわかる。

「まさか。旦那さん、それはないですよ」

老女は再び、ふぉっふぉと笑い声を立てた。

「表御膳所だけでも、六百人ほどが働いているそうですからねぇ」

御膳奉行は確か五、六人いるはずだ、とりうが種市に話すのを聞いて、澪は大きく息を吐いた。小松原はその中のひとりに過ぎないのだ。読売に出ていた詰め腹、という言葉がぐんと遠ざかったように感じる。

そんな澪の心の揺れにも気付かずに、りうは続けた。

「少し前は『鬼取役』といって、毒見役も兼ねていたそうですし、公方さまの召し上がる御膳に短い髪がほんの一筋、混じっていただけで首を刎《は》ねられた御膳奉行もおられるとか」

あっ、と思った時には遅かった。出刃包丁が人差し指と中指、二本の指の節に当たり、瞬く間に鮮血が噴いた。呆然《ぼうぜん》と血まみれの俎板《まないた》を見つめる娘の異変を察したのだろう、りうが、板敷から腰を浮かせてこちらを見た。

「澪さん」

りうの金切り声が遠くに聞こえ、澪はそのまま膝から崩れて気を失った。

澪、澪、大丈夫か。

父が心配そうに呼んでいる。

相変わらず、そそつかしい子ぉやなぁ。

母が困った声でそう言った。

ああ、お父はんや、お母はんやわ。何や、ふたりとも生きてはったんや。身体が重いけど、どないしたんやろか。

指に激痛が走り、悲鳴を上げた気がする。幾度も幾度も。一体、どうしたんだろう。

額に、手が置かれた。軟らかく温かい手。

「お母はん」

自分の声に驚いて、澪ははっと目覚めた。薄い行灯《あんどん》の火で照らされた天井が見えた。

「澪、気ぃついたんか」

澪の額から手を退《ど》けて、芳がその顔を覗き込む。

ご寮《りょん》さん、と半身を起こそうとして、芳に肩を押さえつけられる。

「あきまへん。今は大人しいに寝てなはれ」

「お澪坊」

「澪姉さん」

両側から、店主とふきとが組った。薄い灯《あか》りでも、ふたりの顔が心配で強張《こわば》っているのがわかる。

一体何が、と思った時、指に激痛が走った。

ああ、そうだ、出刃が当たって、それで……。

恐る恐る首を持ち上げて、夜着から出ている手を見た。巻かれた晒《さら》しから人差し指と中指の先が覗いている。良かった、と澪は大きく息を吐いた。

「源斉先生が、傷口を縫うてくれはった。包丁が骨で止まったから良かったようなものの、無茶したらそれこそ動かんようになる、て。暫くは不自由するやろけど、辛抱しなはれ」

芳が優しく言って、夜着の肩口を押さえた。

お澪坊、と種市が洟を啜る。

「首を刎ねるだ何だと酷《ひど》い話を、若い娘の耳に入れちまったせいだ、とりうさんがえらく悔やんでたぜ。ずっと枕元《まくらもと》に詰めてたのを、さっき孝介さんが来て、無理矢理、引き摺って帰ったんだが」

俺もりうさんと同罪だ、許してくんな、と種市は頭を下げた。

「そんな……。りうさんや旦那さんのせいだなんて」

澪は驚いて頭を起こす。

「とんでもないです」

「そうだす、悪いのは澪本人だす」

芳が静かに、しかし、きっぱりと言った。

「仮にも刃物を扱《あつこ》うてるんだす。ほかに気ぃ取られて自分の指を切ることくらい、料理人として恥ずかしいことはおまへんのや」

言葉もなかった。

打ち萎《しお》れる澪に構わず、店主に向き直ると、芳は畳に両の手をついて深々と頭を下げた。

「旦那さん、この通りだす。競い合い前の大事な時に、どないお詫びしても適《かな》いまへんが、どうぞ堪忍しておくれやす」

「ご寮さん、止《よ》してくれ」

種市が慌てて、芳の肩に手を置いた。

「俺にとっちゃあ、お澪坊の身が何より大事だ。指を怪我《けが》したとあっちゃあ本人が一番辛《つれ》えだろうよ。競い合いのことは、まぁ、辞退すりゃあ済むことさ」

弱々しく首を振る店主の姿に、初めて、とんでもない事態を招いたことを悟る。

「旦那さん」

無理にも起き上がって、澪は種市に頭を下げ、申し訳ありません、と声を絞った。

「けれど、競い合いは、きっと遣り遂げます。利き腕は無事ですから、どうか遣らせてください」

「気持ちはわかるが、無理をさせたくねぇ。競い合いをやるのを嫌がってたお澪坊をねじ伏せるように承知させちまったのが、そもそもの間違いだったのさ」

明日、聖観堂へ詫びを入れて来るぜ、と言うと、店主は部屋を出ていった。

深夜。騒ぎで疲れきっていたのだろう芳とふきが眠りに落ちるのを待って、澪はそっと床を抜け出した。足音を忍ばせて慎重に階下へ降り、調理場へ行く。掛け行灯に火を入れようとして、火打ち石を握ったが、痛みが指から脳へ突き抜けるようで、諦《あきら》めるよりなかった。勝手口の引き戸を、音のせぬように注意深く開け、外へ出る。

破鏡の月が天にかかり、辺りを照らしていた。目が慣れるのを待って、左手の指を注視する。人差し指と中指とに厳重に晒しが巻かれていた。節を曲げず、ぴんと伸ばしたまま動かしてみる。

「うっ」

痛みのあまり涙が滲《にじ》み、左手に右の手を添えて胸に抱え込んだ。

何て馬鹿なことを。

この大切な時に。

そう思った途端、情けなさのあまり、涙がぼろぼろと零《こぼ》れて頬を伝い、顎から地面に滴った。

何もかも、自分自身で招いたことだった。小松原への想いを断ち切ると自身に言い聞かせ、その通り断ち切ったはずだった。なのに、責務の重さ故の身を案じ……。

しっかりと蓋をしたはずの心の奥を覗けば、汲《く》めども尽きない泉のように、小松原への思慕はこんこんと湧《わ》くばかり。想ってみても仕方のないことなのに。

それがため、大事な競い合いの前に、こんな事態を招いてしまった。

何と愚かな。

澪はその場に蹲り、声を殺して泣いた。

明け六つ（午前六時）の鐘はまだ鳴らない。

澪は皆が起き出す少し前に床を離れ、井戸端へ出た。路地から覗く天は淡い菫《すみれ》色で、夜明けが近いことを教えてくれる。吐く息は忽《たちま》ち白く凍りつき、空へと向かった。隣家のものか、井戸端に置かれたままの桶《おけ》には分厚く氷が張っている。極寒の朝だ。

左手を庇って水を汲み上げると、盥《たらい》に張って右手だけで顔を洗う。帯に挟んだ手拭《てぬぐ》いを抜こうとした時、目の前に藍染《あいぞ》めの手拭いが差し出された。

「源斉先生」

薬箱を下げた源斉が、穏やかな笑みを浮かべて立っていた。

「昨夜は久々に、堀端の実家に泊まったのです。ここは帰り道ですし、もし、皆さんがもう起きていらっしゃれば、澪さんの傷を診《み》せて頂こうかと立ち寄りました」

朝早くから済みません、と青年医師は頭を下げる。勝手口から中へ入り、手早く灯《と》明皿《みょうざら》へ火を入れると、源斉は澪を板敷に座らせた。

自身の手を綺麗に洗ってから、土間に両膝をついて澪の手を取る。そしてその指に巻かれた晒しを慎重に外した。

「傷口は絹糸で縫い合わせています。傷の面に小さく切った布を当てていますが、それは絶対に剝がさないでください」

はい、と澪が頷くと、源斉は少しの間、黙り込んだ。じっと澪の顔を見つめている。

「競い合いに参加されるのですね」

問いかけでも決めつけでもない、淡々とした、諦めに近い口調だった。

澪は黙ったまま、ゆっくりと深く頷いた。

困ったひとだ、とほろりと笑うと、薬箱の仕切りから木片を取り出した。

「指を曲げないように、二本とも木の板を添えて固定します。あとはこうして晒しを巻いて、水がかからないよう油紙で包みましょう」

よほど注意しなければ、二度と曲がらなくなってしまいますからね、と青年医師は言って、丁寧に手当てをした。

「源斉先生、お澪坊は」

少し前からそこで様子を窺《うかが》っていたのだろう、種市と芳、それにふきが内所から調理場へ通じる土間に揃う。種市が一歩前に踏み出し、不安そうに澪と源斉とを見た。

源斉は折っていた膝を伸ばして、ゆっくりと立ち上がる。

「無理に止めたとしても、このひとはやるでしょう。だとしたら、私は医師として、少しでも手助けがしたいのです」

淡々とした、けれど温かい語り口だった。

「ひとつお願いがあります。今日だけは店を休ませてください。この指で料理の試作も商い用の調理も、というのはやはり無茶です」

勿論《もちろん》でさぁ、と店主は洟を啜りあげる。

「明日は今年最後の『三方よし』で、心強い助《すけ》っ人《と》が来てくれる。お客には申し訳ねえが、今日は堪忍してもらいますぜ」

皆で源斉を表まで送る。街は曙《あけぼの》色に染まり、師走の風に追い立てられるように、早朝から九段《くだん》坂をひとびとが行き来していた。

試作の完成まで今日を入れて残り二日。それを思うと澪の胸は、きんと冷えた。

その日、つる家は暖簾を出さず、店主が表に立って、足を運んでくれたお客ひとりひとりに詫びた。澪は調理場でそれを耳にしながら、申し訳ない思いで一杯だった。

「あたしゃ、あまりの申し訳なさに、もうあの世に逝っちまいたい気分ですよ」

りうが折れ曲がった腰をさらに折って、幾度も澪に詫びる。澪は両の眉を下げて、りうさん、止してください、と繰り返し頼んだ。

「この度のことは澪の落ち度だすのや。どうぞもう、気に病まんでおくれやす」

芳がりうの背中に手を置いて、その顔を覗き込む。

「それよりも、今日から私らが、澪の左手になってやらんとあきません。りうさん、どうかこの娘の力になっておくれやす」

その言葉が老女の心に灯《ひ》を点《とも》したのだろう、りうは、そうでした、と鼻息も荒く応えた。

「あたしゃ歯はありませんし、腰もこんなですがね、よく働くのだけは確かですよ。澪さんの指示に従って、どんなことでもさせてもらいますとも」

りうのこの言葉に、泣きそうな顔で佇《たたず》んでいたふきに、漸く安堵の色が浮かんだ。

その時、勝手口の外で、御免よ、と呼ぶ声がした。芳が、はい、ただ今、と言って引き戸を開ける。

陸尺《ろくしゃく》と思しき男がふたり、大きな笊《ざる》を抱えてそこに立っていた。

「ここの料理人に届けるよう頼まれたんだが」

悪いが中へ入れてもらうぜ、というので、芳が慌てて脇へ退《の》く。ふたりがかりで大笊を中の調理台へ置くと、ひとりが、かけられていた布をさっと取った。

「まあ」

澪と芳が同時に声を洩らした。

柔らかに敷き詰められた葉蘭《はらん》の上に、見事な寒鰆が一尾。一本釣りされたものらしく、肌に擦り傷がひとつもない。その上、活《い》け締めと血抜きが施されている。

「こ、こいつぁ一体」

裏返った声で、種市が男たちに問う。

「どなたさまからのもので?」

「ははきぎ飯の礼、といえばわかる、と」

一瞬、小松原の母の顔が脳裡《のうり》に過《よぎ》った。

ああ、と澪は右の掌を胸に当てる。登龍楼との競い合いを耳にしての励ましなのだろうが、息子に何かあればそれどころではないはず。だとすると、小松原は息災だ。図らずも小松原の無事を教えてくれたその母の面影を思い浮かべて、胸のうちでそっと手を合わせる。

見事な寒鰆は、澪の指図で種市が慎重に卸し、まずは刺身にした。

「うっ」

それを口にした全員が、声を失う。澪は、唇を嚙《か》んで、手もとの皿を眺めた。むちむちとした食感。嚙む度に口中に広がる上品な味わい。寒鰆の刺身が、とんでもなく美味しい。これまでに試作したどの料理よりも、劇的に美味しいのだ。澪に遠慮して言葉にしないが、その場にいた全員が感嘆の吐息を洩らす素晴らしさだった。

「つまりは」

種市が、頭を抱える。

「良い寒鰆ってなぁ、手をかけない方が旨いってことか」

調理場が静まり返った。素材の質だけで勝敗が決まるとしたら……。

嫌な空気が漂ったところへ、芳がきっぱりと言った。

「旬の魚のお造りが美味しいのは、当然のこと。競い合いである以上、ただ刺身で勝負しようとは、向こうさんも考えはらへんのと違いますか」

「そうですとも」

りうが脇から加勢する。

「それに、行司役だって馬鹿じゃありませんからね。料理人の工夫のないものに勝ち星はくれませんよ」

澪は刺身のひと切れを箸で摘《つま》み、もう一度、食べてみた。これなら酢締めして、温寿司の具にしてもきっと美味しい。剝《は》いだ皮を焙って、細かく刻んで柚子皮と和えるのはどうだろう。指の痛みも忘れるほどに、考えることに夢中になる。

澪の瞳が輝き出したのを見て、種市が、

「どうやら、要らぬ心配だったみたいだぜ。うちの料理人は、この旨い寒鰆で、もうあれこれ料理を考え付いているらしいや」

と、首を振ってみせた。


年内最後の「三方よしの日」の朝のこと。

「するてぇと、競い合いの献立は」

又次は、澪の左手を案じながら、確かめるように繰り返す。

「身の方は酢で締めて蒸し寿司の具。それと水切りした豆腐と擂り合わせて平串に刺して焙るんだな。皮は焙ってから刻んで、真子《まこ》は煮つけにする、と」

はい、と澪は頷いた。

「旦那さんにお願いして、競い合いの三日間は、一本釣りのとびきり良い寒鰆を仕入れて頂くことになったので、鰆尽くしにしようかと」

昨日、試作を終えて店主始め一同が感嘆してくれたことも、澪の自信を深めていた。

なるほどな、と又次《またじ》は感心して唸《うな》る。

「俺ぁ、登龍楼って店の料理を食ったことがねぇが、あんたほど心配りの利いた料理を思いつくとはとても考えられねぇぜ」

明日からの競い合いに備えてゆっくりしな、という又次の言葉に、澪は首を横に振る。今年最後の三方よし。つる家のお客たちにこの日を堪能してもらいたいのだ。

七つ（午後四時）になり、旨い酒と肴を楽しみに、次々とお客がつる家の暖簾を潜る。熱くした酒に鱈の白子《しらこ》を焙ったものが合うのだろう、殊更、注文が続いた。合い間に、澪は、この前ご隠居にもらった昆布がまだ少し残っていることを思い出した。久々に、野江《のえ》のお弁当におぼろ昆布を詰めよう、と思い立つ。

昆布を酢で湿し、包丁の刃を立てて表面を掻《か》くと、ふわふわと薄く削れた。

「良い昆布だわ」

昆布を押さえるだけなので、怪我をした左の指にもあまり負担ではない。澪は嬉しくなって、白い芯が見えるまで掻くと、今度は裏返して同様に削り出した。白い板状になった残りを、鼻の傍へ持っていく。控えめながらも上質の良い香りがした。これも何かに使えないかしら、と考えて、ふと、鰆の切り身をその白板でくるりと巻いてみた。

「何やってるんだ」

又次が澪の手もとを覗き込む。

「鰆の身は水気が多いので、昆布に包んで水気を吸わせてみたらどうかと思って」

その昔、天満一兆庵の主人嘉兵衛から、富山の方では魚を昆布で挟んで身を締める、と聞いたことがあった。

澪の言葉に又次は少し考え込んだ。

「味噌漬けにすると、ほどよく水が抜けるから、鰆も扱い易くなるし、風味も良い。なるほど、同じことを昆布でやってみようってのか」

料理人の思いを即座に読み取って、又次は感嘆の吐息を洩らす。やがて座敷は一杯になり、注文が立て込み、暖簾を終《しま》う五つ（午後八時）まで息つく暇もなかった。

「明日からの競い合い、頑張ってくれよ」

ほろ酔い気分のお客たちが、異口同音にそう声をかけて帰っていく。年内最後の三方よし、ということもあり、澪も又次も最後は調理場を出て、お客を見送った。

お客の中には、又次に目を止めて、

「おかげで良い思いをさせてもらった。また来年、旨い酒と旨い肴を頼んだぜ」

と、礼を言う者も居て、そうしたことに慣れていないのだろう、その度に又次は困ったような顔をした。

下足棚の陰から又次の様子をそっと覗き見て、ふきが漸く、口もとを綻ばせる。少女の又次に対する恐怖心がまた少しずつ薄らいでいく様子に、澪はほっと安堵した。

見送りを終えて調理場へ引き返すと、丁寧に手を洗い、野江の弁当箱を開く。

野江のお弁当を作るのも年内最後だ。一年の労いと、新しい年への願いを込めて、不自由な手で冷飯を握る。歪《いびつ》な俵形になってしまい、両の眉を下げたが、思いついておぼろ昆布で包んでみると良い感じになった。明日からの競い合いの試作の品もいくつか、と思った時に、先の昆布に包んだ切り身を思い出した。

「無理は駄目だ。言ってくれたら俺がやるぜ」

又次のそんな申し出を断って、澪は白板を外して、切り身を取り出す。

味噌漬け同様に焙ってみようか、それとも、と思案しながら、切り落とした端をそのまま口にしてみた。刹那《せつな》、大きく瞳を見張る。

「おい、どうかしたのか？」

澪の様子を不審に思ったのだろう、包丁を研いでいた又次が、その手を止めた。

澪は顔をくしゃくしゃにして、絶句していた。自分でも、どう話して良いかわからない。

訝《いぶか》りながら、又次は、俎板の上に残された切り身を澪の包丁を使って削《そ》いだ。そして、そのひと切れを口に運ぶと、ゆっくりと咀嚼《そしゃく》した。うっ、と小さく呻くと驚愕《きょうがく》の表情で澪を見た。

刺身でありながら、刺身ではない。ほどよく水分が抜け、代わりに昆布の旨みが隅々まで沁《し》み込んでいる。それでいて身は柔らかなままなのだ。又次は、粟立《あわだ》つ両の腕を撫でさする。

激しい高揚が去ると、澪は、削いだ身を再度、口にした。又次も、これに倣《なら》う。

寒鰆の脂と昆布の旨みとが舌の上で絡み、縺《もつ》れ、やがて心地よく溶けていく。飲み込んだあとも、舌にその幸福な余韻が残る。滑らかで、美しく、静かな深い余韻が。

滅多にあることではなかった。

「昆布を削ったのが良かったんだな。ばらつきがなく、味が切り身に移るんだろう」

「塊《かたまり》を昆布で巻くより、身は予《あらかじ》め削いでおいた方が良いかも知れません」

澪が言えば、

「それならあまり刻をかけない方が良い。水が抜け過ぎると身が固くなっちまう」

と、又次が応える。

これはもっと、もっと美味しく仕上げられる。ふたりの料理人はその確信を持って、互いに頷き合った。

「何だって」

芳やりうたちと顔を見合わせて、種市が戸惑いの声を上げた。

「寒鰆尽くしを止める、って……お澪坊、そいつぁ一体どういうことなんだ」

料理番付の版元、聖観堂の指定した競い合いの初日の朝のことである。

澪はひと晩、熟考した末に、ひとつの答えを導いていた。

「あれこれ調理したもので舌を変えたくないんです。どうか、これひとつに賭《か》けさせてください」

澪は昆布の白板に巻いておいたものを人数分の小皿に分け、それぞれに差し出した。

受け取った種市が皿に鼻を近づける。

「お澪坊、こいつぁ何だ？　昆布の香りがするが」

刺身にしか見えねぇよぅ、と零しながら店主は口に運んだ。

「……」

刹那、かっと瞠若《どうじゃく》すると、皿を持ったまま、腰が抜けたように板敷にどすんと座り込んだ。常の「こいつぁいけねぇ」の言葉はない。それを見て、りうと芳、おりょうが一斉に箸を手に取る。それぞれが口にして、噛んだ途端、呆然と互いを見合った。

一体、何があったのか。

この味は、食感は何なのか。

混乱した顔で、各々がもう一度、味わい深い身を口にした。ゆっくりと惜しむように噛んで飲み込んだあと、誰も口をきかなかった。否、きけなかった。

その日。

つる家の暖簾を鼻息荒く潜ったお客たちは、運ばれて来た膳を見て、あからさまにがっかりした顔になった。膳の上には、炊き立ての白飯、湯気を立てている熱い根深汁に、口直しの蕪《かぶ》の柚子漬け。肝心の寒鰆はというと、刺身らしき、ひと皿のみ。

「おい、これきりかよ」

「ほかに忘れてんじゃねぇのか？」

落胆しつつも、渋々と箸を取り、刺身を口に放《ほう》り込む。途端、お客たちは一様に動きを止めた。口の中で何が起こっているのか、戸惑い、困惑しながら、ゆっくりと咀嚼を再開する。誰も何も言わない。けれども、徐々に満ち足りた顔つきになっていく。

お客の中に、昆布をくれた常客のご隠居が居た。ご隠居は料理を綺麗に平らげると、膳に向って両の手を合わせ、首を垂れた。

するとどうだろう、周囲のお客たちが次々とそれに倣い、空の器に手を合わせ首を垂れてから席を立っていく。誰も何も言わない。称賛も賞嘆もない。だが、確かに伝わる想いがあった。

お客ひとりひとりの中に神仏を感じて、澪は胸が一杯になる。間仕切り越し、座敷に向かい、両の掌を合わせて深くお辞儀をした。

「登龍楼の料理には、とにかく仰天だ。あんな手の込んだ旨ぇ寒鰆は食ったことが無《ね》ぇ。特に杉板で挟んで焼いたのは絶品だったぜ」

懐に余裕のある者は、登龍楼とつる家、両方に足を運ぶ。そして先に食べた登龍楼の料理が如何《いか》に素晴らしいかを、声高に話すのだ。

「おまけに皮目を焙った焼き膾《なます》といい、卵を干したのを薄く切ったものといい、どれも初めての料理だが、旨ぇの何の。この店にゃあ悪いが、勝負はあったな」

だが、そう言っていたはずのお客も、つる家の料理を食べたあとは、押し黙り、手を合わせて帰っていく。

三日目に、清右衛門と坂村堂が店を訪れた。

不思議なことに、清右衛門は澪を座敷に呼びつけなかった。代わりに帰り際、勝手口の方からふたりして顔を覗かせた。坂村堂の丸い目が潤んでいる。その濡《ぬ》れた瞳で料理人を見ると、版元は深々と頷いた。やはり言葉はない。

「料理の名は」

怒ったような声で、清右衛門は問う。

澪は即座に答えた。

「寒鰆の昆布締めです」

競い合いに相応《ふさわ》しい雅《みやび》な名をつけよ、と叱責《しっせき》されると思った。けれど、競い合いだからこそ、変に凝ることなく、素材に対して真摯《しんし》な名付けでありたかった。そんな料理人の心を読んだのか、戯作者は、ふん、と鼻を鳴らすや否や、版元を急かして勝手口を出た。

怒らせてしまった、と肩を落とす料理人に、清右衛門は前を向いたまま、

「滋味滋養」

とだけ言い置いて、帰っていった。

三日間の競い合いを終えて、師走二十七日、つる家は商いを休んだ。

不思議なもので、競い合いの間中は忘れていた指の傷が今さらながら痛んで、澪はその朝、高い熱を出した。

「水を使うので、どうしても傷の治りが遅いですね」

晒しを解いて傷の様子を見ていた源斉の声が、心なしか沈んでいる。

その横で種市が、

「お澪坊には随分と無理をさせちまいました」

と、洟を啜った。夢現《ゆめうつつ》に、芳が源斉にそっと、指は元通りに動くのかどうか、尋ねる声が聞こえた。だが、それに答える医師の声は、澪の耳には届かなかった。

競い合いの気の張りが取れて、どっと疲れが出たこともあるのだろう。澪はその日、昏々《こんこん》と眠り続けて、目覚めたのは五つの鐘を聞いた時だった。

薄い行灯の火が、桶の水で手拭いを絞る芳の姿を浮かび上がらせている。

動く気配を感じたのだろう、芳が澪の顔を覗き込んだ。

「起きたんか？　気分はどうや？」

澪の額にそっと手を置くと、ほっとしたように微笑《ほほえ》んでみせる。

「熱は下がったみたいやな。お腹空《なかす》いたやろ。今、お粥《かい》さんを作って来るさかい」

「いえ、ご寮さん、私が自分で」

言いかけた時、階下で声がしたように思って、澪は耳を澄ます。

鬼は外
福はうち
ふきの声に、種市の声が重なる。豆が畳に落ちる、ぱらぱらと軽い音も聞こえた。

澪が呟くと、そう、節分や、と芳が頷いた。

「ああ、今日は……」

節分の翌日が立春。そして立春には、聖観堂が料理番付を売り出すのだ。

夜が明けるまで、長く待たねばならない。

登龍楼とつる家、そのどちらに軍配が上がるのか。

気にならない、と言えば嘘《うそ》になるだろう。けれど、と澪は思う。

空の器に手を合わせ、首を垂れてくれたお客たち。大関位になるもならぬも、結末は神仏に委《ゆだ》ねて、今はお客のあした姿を見せてもらえたことに心から感謝しよう。

鬼は外、福はうち
店主のひと際、大きな声が響いていた。

師走二十八日、立春の朝。

「勝ち負けは時の運たぁ言うけどよ、俺ぁ、どうにも自信があるんだぜ」

調理場の神棚の水を替え、灯明を上げると、種市はそう言い残して、慌ただしく浅草へ向かった。

種市の判断で、昨日に引き続き、今日も店を休むことになっていたので、芳とふきとで念入りに掃除をし、門松を飾る。澪が手伝おうとすると、芳が本気で怒った。

「大事な指を駄目にする気ぃだすか」

言われて澪は、そっと二本の指の節に触れる。縫い合わせた傷口が開くのが恐くてずっと曲げずにいる。今朝も治療に来てくれた源斉に、傷の治り具合について聞きそびれてしまった。迂闊《うかつ》だった、と両の眉を下げながら、ふと、常の源斉ならば、こちらから尋ねずとも丁寧に説明してくれるはずなのに、と思ったりもした。

そのうちに、休みのはずのおりょうが、太一を連れて、

「今日はこっちでお祝いだろうから、って裏店の皆からの差し入れだよ」

と、赤飯を持って来た。

番付が売り出される頃合いになると、ふきが入口を出たり入ったりして、店主の戻りを気にしている。そのうちにおりょうと太一もこれに加わり、三人で表通りを行きつ戻りつして店主を待った。

しかし、昼八つ（午後二時）を過ぎ、八つ半（午後三時）を過ぎても種市は戻らない。道中、何かあったのでは、と皆が案じ始めた時、伊佐三が勝手口の引き戸を開けて、ぬっと入って来た。

「ああ、お前さん」

おりょうと太一が駆け寄ると、伊佐三は、太一を抱き上げて女房に尋ねた。

「親父《おやじ》さんは戻ったか」

「それが、まだなんだよ。遅いから皆で心配してたとこさ」

おりょうが不安の滲む声で答えると、伊佐三は、そうか、と短く答えた。そうして、懐に手を差し入れて、一枚の摺り物を引っ張り出す。ひと目で番付表と見て取れた。

伊佐三の固い表情を見て、その場に居た誰もが、競い合いの結末を悟った。

おりょうが受け取らないので、澪が、私に見せてください、と手を伸ばした。料理番付を見る澪の両側から、芳とおりょうが覗き込む。

果たして、大関位には登龍楼の名が大きく記されていた。

「そんな馬鹿な……」

おりょうは絶句し、腰が抜けたように土間に座り込む。皆、押し黙ったままだ。暫くして、おりょうが土間を叩きながら低い声で呻いた。

「どのみち、登龍楼が汚い手で大関位になったんだよ。そうに決まってる。版元に賄《まい》賂《ない》でも摑《つか》ませたのさ、そうでなきゃ澪ちゃんの」

「おりょう」

強い声で遮ると、伊佐三は無理にも女房を立たせて、引き摺るように帰っていった。

伊佐三たちと入れ違いに、種市は酒の臭いをさせて戻った。

競い合いの結末を奉公人たちにどう伝えようか、散々悩んだに違いない。迎えに出た澪の手に番付表が握られているのを見て、安堵した顔になり、

「悪いが今日はもう休むぜ」

とだけ言って、早々と内所の布団へ潜り込んでしまった。どうして良いかわからないのだろう、ふきが泣きそうな顔で、芳と澪とを交互に見上げている。

競い合いに敗れたことで、種市の夢を破ってしまった。それに若旦那がつる家を訪れる機会も失してしまうかも知れない。それを思うと、確かに胸は痛む。けれども、

何故か気持ちは、とても平らかだった。

あれほど勝ちに拘《こだわ》って苦しんだことが嘘かと思うほどに、とても穏やかな心持ちなのだ。大丈夫よ、と澪はふきの肩に優しく手を置いた。

「ご寮さん、お赤飯を頂きませんか？」

澪がそう提案すると、芳は、

「そうやな、せっかくの皆さんのお心遣いや」

と、柔らかく頷いた。

調理場の板敷で、三人、向かい合って赤飯を食べる。

「小豆《あずき》が、ええ塩梅やわ」

「色も綺麗に出てますね」

「勝っても負けても、美味しいもんは美味しいなあ、澪」

「はい、ご寮さん」

美味しい、美味しい、と旺盛《おうせい》な食欲を見せるふたりを見て、最初は当惑していたふきも、おずおずと箸を取り、赤飯を口にする。空腹だった上に、よほど美味しかったのだろう、片手で頬を押さえている。その愛らしい姿に、芳がふふふと笑い出す、澪も笑い、釣られてふきも笑顔になった。調理場に花が咲いたようだった。

随分、よく眠った。夢も見ずに深く。

澪は枕から頭を持ち上げて、まだ周囲が暗いことに驚く。芳とふきの様子を窺うと、安らかな寝息が洩れていた。ふたりを起こさないように、そっと寝床を離れる。

今年も、今日と明日の二日しか残っていない。皆で食べるお節料理の下拵えも、今のうちにしておきたかった。調理場へ行き、勝手口の引き戸を開けると、夜明け前の薄明かりが忍んで来る。

流しに湯飲みが置かれ、空の徳利も転がっていた。どうやら昨夜、種市がやけ酒を呑んだ様子だ。おつるのために大関位を取りたかったに違いない店主の胸のうちを思い、澪は両の眉を下げる。せめて、美味しい朝餉を作ろう、と襷を掛けた。

「開けっ放しとは不用心だな」

ふいに背後から声をかけられて、澪は飛び上がった。恐る恐る振り返ると、見慣れた縞木綿《しまもめん》の男が酒徳利を手に立っていた。

「小松原さま」

こんなに朝早く、と驚く娘に構わず、慣れた足取りで調理場へ入り、板敷に悠々と座り込んだ。

「種市に迎え酒を差し入れに来てやったのだ。どのみち、昨夜はしこたま、やけ酒を呑んだのだろうからな」

にやりと笑うと、徳利を澪に差し出した。

受け取ろうとした澪の手に、その視線が止まる。

「指をどうした」

「出刃で切ってしまいました」

小松原は板敷から立ち上がり、黙って娘の左手を取った。澪が腕を引っ込めようとすると、良いから診せろ、と手首を強く握る。

油紙を外すと、晒しの上からそっと指に触れる。

「縫ったのか？」

「はい」

晒しを外さない方が良い、と判断したのだろう、油紙を巻き直すと、大事にしろ、とだけ言った。

澪の酌で盃《さかずき》の酒を呑む。ゆっくり、旨そうに呑む。その横顔を澪は黙って見守る。

「今年の料理番付だが、早くも異議を唱えるものが、版元へ押し掛けているそうだ。それほどまでに、つる家の寒鰆の昆布締めは、ひとの心を摑んだのだろう」

男は、傍らの娘をちらりと見る。

「だが、登龍楼は唐墨を出した。寒鰆の卵を干した唐墨は、朱口《しくち》の唐墨と並び、公方さまさえ虜《とりこ》にする珍味中の珍味。おそらく、競い合いの話が出る前から、采女宗馬は試行錯誤を重ねていたことだろうよ。唐墨がどのようなものか下手に知識がある分、行司役や勧進元も、登龍楼を勝たせるしかなかったはずだ」

決してお前の料理が負けたわけではないぞ、と小松原は結んで、盃の酒を干した。

ああ、このひとは負けた私を労い、慰めているのだ、と澪は気付く。

頬を緩めながら酌をする澪に、小松原が怪訝な目を向ける。

「何が可笑しいのだ」

「何でも」

「笑っているではないか」

澪は、軽く首を振ると、小松原を真っ直《ます》ぐに見た。

「つる家が大関になれなかったのは、きっと神さま仏さまが、私にはまだ早いと思われたからに違いありません。もっと精進せよ、と」

それに、と澪は続けた。

「番付の優劣よりも、私には、この店に通い、美味しく料理を召し上がってくださるお客さんの方が大事です。その方がずっと大事なのです」

そうか、と男は静かに応える。澪を見る眼差しが温かい。

「勝つことのみに拘っていた者が敗れたなら、それまでの精進は当人にとっての無駄。ただ無心に精進を重ねて敗れたならば、その精進は己の糧となる。本来、精進はひとの糧となるものだが、欲がその本質を狂わせてしまうのだろう」

小松原は呟いて、盃をまた、きゅっと干した。

差し出された盃に酒を注《つ》ぎながら、澪は「己の糧」という小松原の言葉を胸のうちで繰り返す。何処かで、誰かに、同じ言葉を言われたように思うのだ。だが、誰からどんな時にその言葉をかけられたのか、はっきりと思い出せない。

「おっ、あれは節分の豆か」

小松原は板敷の隅に置かれた桝《ます》に目を止めて問うた。中に煎《い》り大豆が入っている。一昨日《おととい》に撒いた残りで、ふきが澪のために取っておいてくれたものだ。

食わせてくれ、と言われて、澪は桝に手を伸ばして男に渡した。

「歳の数だけ食わねばな」

「小松原さまは、五十くらいですか?」

「ならお前は三十八だな。ほら、手を出せ」

あっさり切り返されて、澪は軽く頬を膨らませながら、右手を差し出した。

ぽりぽりと良い音をさせて、ふたりして豆を食べる。澪は例えようのない安らぎと幸福を覚えた。

無理に小松原への想いを断とうとすれば、苦しいだけ。

自身の心の一番深いところで、この想いを大切にしておこう。

相手に想いを伝えることもないし、報われることなど端《はな》から望まない。ただ、想い続けられるだけで良い、そんな恋があっても良い。

ふいに、りうの声が鮮やかに蘇った。

――恋はしておきなさい

　あんたならどんな恋でもきっと、己《おのれ》の糧《かて》に出来ますよ

ああ、そうだ、あの時の、と澪はそっと開いた掌を胸にあてた。

りうさん、これが私の恋です、私が選んだ恋の形です、と娘はそっと胸の中で老女に語りかけていた。

「風が柔らかいな」

澪に送られて表へ出ると、男は呟いた。

仰ぎ見る天は唐紅《からくれない》に染まり始め、飯田川では百合鷗《ゆりかもめ》や浜鴫《はましぎ》たちが賑やかに朝の挨拶《あいさつ》を交わしている。

「暦の上だけとはいえ、やはり春だな」

掌で煎り大豆をしゃらしゃら鳴らし、小松原が澪に向き直った。

「ほら、半分」

握り拳《こぶし》を差し出されて、澪は両の掌を開く。しゃらしゃらと大豆が落ちて来た。

「指を大事にしろ」

思いがけず優しい声で言うと、小松原は俎橋を渡っていく。

橋の袂《たもと》に佇んでその背中を見送りながら、澪は掌の豆を指で摘む。

もう届かない男の背中へ、そっと豆を投げる仕草をして、小さな声で繰り返す。

福はうち

福はうち

浅い春に想いびとの幸せを祈って、澪は繰り返す。福はうち、福はうち、と。

巻末付録　澪の料理帖

ははきぎ飯

材料（4人分）
とんぶり（市販）……70g
山芋（大和芋）……500g程度
出汁……1・5カップ
醤油……大さじ1
酒……大さじ1
塩……小さじ1
炊き立てご飯……適宜

下ごしらえ
＊山芋は厚めに皮を剝《む》き、変色している部分を丁寧に除いて、酢水に漬けておきましょう。
＊とんぶりは、クエン酸の匂《にお》いが気になる場合、軽く洗って水気を切っておきます。
＊出汁《だし》は濃いめに引いておきましょう。
＊ご飯は炊き立てを用意してください。

作りかた
1濃く引いた出汁に醬油《しょうゆ》と酒、塩を加え、ひと煮立ちさせたら、しっかり冷まします。
2山芋は擂《す》り鉢で滑らかになるまで丁寧に擂ります。
3充分に冷めた1を、2に少しずつ加えながら、さらに滑らかに擂りましょう。
4炊き立てご飯に3をかけ、とんぶりをたっぷりと載せて召し上がれ。

ひとこと
「ははきぎ」は、ほうき草の古い呼び名で、その実は今日では「とんぶり」として知られています。江戸時代には米代川一帯で栽培されていたとか。現在では秋田県比内町の特産品で「畑のキャビア」とも呼ばれ、人気の食材です。大手スーパーや通販などで入手出来ます。

（取材協力：JAあきた北）

里の白雪（蕪《かぶら》蒸し）

材料（2人分）
蕪……500g程度
卵白……1個分
出汁……1カップ
葛（片栗粉でも可）……適宜
酒……大さじ2
味醂……小さじ1
塩……小さじ1
醤油……小さじ2分の1
鮃（柵取り）……100g程度
山葵……適宜

下ごしらえ
＊蕪《かぶ》は皮を剝《む》いて、なるべく目の細かい卸しがねで卸して、笊《ざる》に上げておきます。
＊卵白は布巾《ふきん》を使って漉《こ》しておきましょう。
＊鮃《ひらめ》は四等分して、塩をして馴染《なじ》ませ、さっと湯引きしておきます。
＊出汁《だし》はあらかじめ引いておきます。

作りかた
1 軽く絞った蕪に、卵白を加えてよく混ぜ、塩少々(分量外)を加えます。
2 器に鮃を置き、上から1をこんもりと置いて、蒸し器に入れて強火で蒸します。目安は蒸気が上がって15分ほど。
3 蒸し上がりを待つ間に、あんを作ります。出汁に酒と味醂《みりん》、塩、醤油《しょうゆ》を入れ、煮立ったら一旦《いったん》、火を止めて、同量の水で溶いた葛《くず》を加えてよく混ぜて滑らかにし、再度火にかけ温めます。
4 出来あがった3を2にかけて、最後に卸した山葵《わさび》を載せて完成です。

ひとこと
蕪は大きなものなら1個、小ぶりなら4〜5個くらいで500gになります。鮃ではなく、鯛《たい》を使ってももちろんOKです。匙《さじ》で掬《すく》って熱々を召し上がれ。

ひょっとこ温《ぬく》寿《ず》司《し》

材料（4人分）
干し椎茸……6枚
人参……100g程度
干瓢……20g
海老……8尾
玉子……3個
米……3カップ
昆布……15㎝角
片栗粉……小さじ2分の1
調味液……以下5種
A［寿司酢］（砂糖 大さじ1／塩 小さじ1・5／酢 70cc）
B［干し椎茸用］（干し椎茸の戻し汁 2カップ／砂糖 大さじ1・5／醤油 大さじ1／味醂 小さじ2）
C［干瓢用］（出汁 1カップ／砂糖 大さじ2／塩 小さじ3分の1／醤油 小さじ1）
D［人参用］（出汁 1カップ／砂糖 小さじ2／塩 小さじ1）
E［錦糸卵用］（出汁 大さじ1／酒 大さじ1／塩 小さじ3分の1）

下ごしらえ
＊寿司酢Aをよく混ぜ合わせておきます。
＊調味液用の出汁《だし》を引いておきます。
＊干し椎茸《しいたけ》、干瓢《かんぴょう》はそれぞれ戻しておきます。椎茸の戻し汁はあとで使うので、取っておいてくださいね。
＊海老《えび》は背ワタを取って軽く茹《ゆ》で、殻と尾を外して食べ易《やす》い大きさに切り、寿司酢Aを少しだけかけておきます。
＊お米は研いで水加減して、昆布を入れておいてください。

作りかた

1 調味液Bを煮立たせ、戻した椎茸に味を入れます。しっかり味が付いたら冷ましてぎゅっと絞り、食べ易い大きさに刻みます。

2 調味液Cを火に掛け、干瓢に味を入れます。冷めたらよく絞り、好みの大きさに切りましょう。

3 人参は小豆《あずき》粒くらいの大きさに刻んで、調味液Dで煮て柔らかく下味を付けます。

4 錦糸卵を作ります。玉子を割りほぐし、調味液Eを入れ、さらに片栗粉を加えて目の粗い笊《ざる》で一度漉《こ》してから、薄く焼きあげます。冷めたら、4、5㎝の長さに揃《そろ》えて端から細く刻みます。

5 ご飯を炊きます。昆布を取って、お酒を大さじ1（分量外）入れて炊き上げます。

6 炊き上がったら、必ず熱いうちにAを回しかけて寿司飯を作ります。

7 用意しておいた1、2、水気を切った3、それに下ごしらえを済ませた海老を6に混ぜ入れて茶碗《ちゃわん》に装い、最後に4の錦糸卵を散らせます。

8 茶碗に蓋《ふた》をして（なければ小皿で代用）蒸気の上がった蒸し器に入れて、20分蒸します。

ひとこと

干し椎茸は出来れば「どんこ」と呼ばれるものをお使いください。肉厚で美味《おい》しくて、戻し汁も立派なお出汁になります。焼き穴子を刻んで加え、青みに三つ葉の軸か、さっと茹でた隠元を刻んで入れるとさらに美味しさが増します。

寒鰆《かんざわら》の昆布締め

材料（4人分）
鰆（生食用）……適宜
真昆布……大きいもの1枚
塩……少々

下ごしらえ
＊鰆は食べ易いようお刺身サイズに切っておきます。
＊真昆布は酢で湿して白い面が出るまで両面を削っておきましょう。

作りかた
1鰆にごく控えめに塩をして三十分ほど馴染《なじ》ませて、表面に滲《し》み出た水分を優しく拭《ぬぐ》います。

2昆布を広げて、重なり合わないように端から鰆を並べて行きます。

3鰆の両面が昆布と密着するように、端からくるくる巻きます。あとで重石《おもし》をしないので、心持ちきつめに巻いてください。寒い時期なら常温、夏なら冷蔵庫に入れて、大体二時間。

4昆布を外して完成です。

ひとこと
岡山を除いて、お刺身に出来る鰆を入手するのは難しいと思います。白身の魚なら昆布締めにすると外れなく美味《おい》しいので、鯛《たい》などで試されてもＯＫです。また、市販の白板昆布を用いれば簡単ですし、昆布ごと食べても美味しいですよ。

本書は時代小説文庫（ハルキ文庫）の書き下ろし作品です。

時代小説文庫
た 19-4

今朝《けさ》の春《はる》 みをつくし料理帖《りょうりちょう》

著者 髙田《たかだ》 郁《かおる》

2010年9月18日第 一 刷発行
2019年8月18日第二十九刷発行

発行者 角川春樹

発行所 株式会社 角川春樹事務所
〒102-0074 東京都千代田区九段南2-1-30 イタリア文化会館

電話 03(3263)5247[編集] 03(3263)5881[営業]

印刷・製本 中央精版印刷株式会社

フォーマット・デザイン&シンボルマーク 芦澤泰偉

ISBN978-4-7584-3502-4 C0193

http://www.kadokawaharuki.co.jp/[営業]
fanmail@kadokawaharuki.co.jp[編集] ご意見・ご感想をお寄せください。

高田郁の本

八朔《はっさく》の雪
みをつくし料理帖

料理だけが自分の仕合わせへの道筋と定めた上方生まれの澪。幾多の困難に立ち向かいながらも作り上げる温かな料理と、人々の人情が織りなす、連作時代小説の傑作。ここに誕生!! 「みをつくし料理帖」シリーズ、第一弾!

花散らしの雨
みをつくし料理帖

新しく暖簾を揚げた「つる家」では、ふきという少女を雇い入れた。同じ頃、神田須田町の登龍楼で、澪の創作したはずの料理と全く同じものが供されているという——。果たして事の真相は? 「みをつくし料理帖」シリーズ、第二弾!